Edición décimo Aniversario

de pinga[zos]

de pinga[zos]

Antología gaybiqueer de cuento y cómic pornoerótico

EDITORIAL
LA TUERCA

de pinga[zos]: Antología gaybiqueer de cuento y cómic pornoerótico
ISBN 978-0-615-75739-1

Primera Edición © 2013 Editorial La Tuerca
Segunda Edición 10mo. Aniversario © 2023 Editorial La Tuerca
Derechos Reservados

invitacionalpolvo@gmail.com
www.maxcharriez.com

Corrección de erratas, diagramación y diseño de cubiertas
Julio Á. García Rosado

Editorial La Tuerca
P.O. Box 3731, Carolina, P.R. 00984
editoriallatuerca@gmail.com

A cada uno de los escritores que se atrevió.
A Julio Á. García y Eïrïc R. Durändal Stormcrow (ustedes saben por qué).
A todo el que tome este libro, lo ojee y decida comprarlo.
Gracias.

Índice

La sexualidad forma parte de nuestro comportamiento, es un elemento más de nuestra libertad. La sexualidad es obra nuestra —es una creación personal y no la revelación de aspectos secretos de nuestro deseo—. A partir y por medio de nuestros deseos, podemos establecer nuevas modalidades de relaciones, nuevas modalidades amorosas y nuevas formas de creación. El sexo no es una fatalidad, no; es una posibilidad de vida creativa.

Michel Focault

Era aún de madrugada cuando sentí que Brugal me sacudió los hombros y me cacheteó suavemente hasta despertarme. Ya ensillado Mibero, salimos antes de que los gallos afinaran los gaznates y anticiparan sus liturgias acostumbradas. Nos despidieron las gallinas, las estrellas y las hileras de ropa del tendedero, humedecida por el rocío del amanecer.

Edgardo Guerrero
Macorix

La pintura plasmaba la figura de un joven desnudo que usaba una máscara de arlequín. El muchacho tenía un lunar en forma de corazón que invitaba a tocarlo.

H. Roberto Llanos.
Lienzo chocolatoso

Lo he dicho unas cuantas veces a lo largo de los últimos tres años: la literatura erótica está cada vez más denostada por una sociedad que se torna progresivamente más hipócrita (como si viajásemos en el tiempo hacia una sociedad victoriana); y también, que parece haber alcanzado un hastío por el sexo. Libros como el que me ocupa hoy vienen a cubrir un importante espacio, pues el erotismo, queramos o no, forma una parte necesaria y trascendental de nuestra existencia, más o menos, sublimado. Todos aquellos actos sexuales que podamos imaginar se han hecho numerosas veces por amorales o pecaminosos que puedan parecer a los ojos de esta o aquella religión. Y como todo lo que es humano, nos concierne. Pero no es mi objetivo justificar el sexo, ni teorizar sobre la literatura sensual sino hablar de este conjunto de relatos titulado «**de pinga[zos]**», donde se reúnen veintiún autores americanos para encendernos al mismo tiempo que nos dan placer... lector. Pero el sexo, si está en algún sitio, es sin duda en nuestra cabeza, en nuestra imaginación. Por eso la lectura puede ser un gran placer erótico pues aúna la travesura del mirón con la aventura de la propia creación o recreación en nuestra mente aderezada de hormonas.

Como suele suceder cuando se congregan una multiplicidad de voces, la variedad enriquece el conjunto con diversos estilos y formas propias que nos descubren mundos diferentes, a veces, en dos páginas; otras, en diez de forma acabada en la mayoría de los casos (uno de los relatos es, en realidad un fragmento de novela).

Así nos encontraremos con narraciones más románticas como las dos de las que se ha tomado citas para encabezar esta reseña; otras, más abiertamente sexuales como el cómic que cierra el conjunto, o el relato de Max Chárriez, editor de la obra. Algunas apuntan directamente a los principios más sólidos de la mayoría «heteromachodominante» y otros se quedan en un ámbito más sensual, o exploran fetichismos que, más que ofender, seguramente sorprenderán a algunos lectores; véase, por ejemplo, el particular *Feitiço (magia)* de Peter M. Sephard-Rivas.

Desde relatos con un juego de espiritualidades o religiones por explorar como *En la ciudad de los muertos,* de Charlie Vázquez, muy sugerente y envolvente, hasta relatos donde acudiremos al despertar casi inocente de un chapero, *Visita a mis tíos*, de Eduardo García, pasaremos por tiempos presentes, pasados y otros que no se podrán seguramente fijar en una línea cronológica por estar fuera del tiempo y casi del espacio; incluso por interpretaciones como *Las hijas de Lot según el marqués de Sade*, de Radamés Vega, que enlaza con Máx Chárriez al abordar directamente el sexo entre miembros de la misma familia. Sin embargo, en el caso de Vega la heterosexualidad estará muy presente, como sucede en otros relatos, *Donde caben dos caben tres*, de E. J. Nieves, o *Bajo el sol de la Playa Mayor,* de Ángel I. Figueroa, así como en el citado cuento de Eduardo García, jugando entre la bisexualidad y la homosexualidad predominante pero no exclusiva. Si bien el rol de la mujer en la obra —por razones obvias— es limitado, hay que subrayar que no es inexistente. Bien por contraposición de los deseos que ambas partes (hombre y mujer) tienen hacia el macho, bien por el lazo familiar que pone en relieve las relaciones sexuales, que rompen normas y tabúes, bien por la capacidad de rememorar otros cuerpos (al final la carne es carne), la mujer aparece aquí y allá poblando estas historias de hombres que desean a otros hombres para su placer y el placer mutuo.

La colección tiene el valor añadido de traer voces que, siendo latinas, conllevan consigo unas experiencias internacionales que modelan y amplían las perspectivas de los autores y también llevan a conectar con un número más amplio de lectores, mezclando el español de España con los españoles hablados en América: un juego de lenguas que, siendo la misma, se complementan con expresiones y giros inesperados por uno y otro lado del charco, respectivamente. Estos laberintos del lenguaje son especialmente interesantes cuando esas expresiones se mueven en el mundo de lo sexual, donde la curiosidad y el morbo obligan al lector a investigar lo que ya imagina, o a descubrir alguna nueva forma de referirse a esta o la otra práctica. Pero, en fin, el libro no busca internarse por los vericuetos del idioma sino dirigirse, en general, de forma directa y clara a un público que quiere saber y leer historias donde reconocerse o en las que aprender lo que otros seres humanos quieren en la vida. Hablamos de protagonistas homosexuales que dan rienda suelta a sus deseos (emocionales y eróticos) conforme a la propia naturaleza de cada uno, pues ya se sabe que cada persona es un universo complejo.

En definitiva una colección de relatos sin pelos en la lengua, con mucho ardor y ganas de reivindicar una forma de ser y de sentir. Valiente, variado, excitante e imaginativo. Mucho más de lo que ciertos críticos se atreverán a admitir.

Guillermo Arroniz, Escritor

A los dieciocho años empaqué y me fui a Nueva York. Allá fue donde salí del clóset. Casi llegando al final de los años ochenta y en plena crisis del Sida. Ya los barrios, los negocios, los estilos de vida de toda una generación de hombres *gay* estaban desapareciendo, transformándose. Pero me disfruté los vestigios de esa era. Recuerdo que en una «librería» en Greenwich Village encontré, entre todos los penes y anos que parecían seguirme con la mirada desde las cajas de videocasetes, mi primer cómic *gay*. Ese día nació una fijación que duraría años y que compartiría solamente con los de Star Wars.

De los cómics *gay*, pornográficos y homoeróticos, por supuesto, di el salto a literatura *gay* y *queer*. Me inscribí en un club de libros por correo. Lector voraz que siempre he sido, me leí cuanta novela de detectives *gay*, los títulos que *Pulp Fiction* sugería como libro del mes. Historias que devoré con placer y, muchas veces, con una erección.

Por supuesto, comencé a conocer nombres como Gore Vidal (aunque mi inglés todavía estaba en proceso de ser realmente un segundo idioma, hice el intento). Edmund White y su fascinante

The Beautiful Room Is Empty, Armistead Maupin y su *Tales Of The City*, James Baldwin y su *Giovanni's Room,* Randall Kenan y el mejor libro de cuentos *queer* que he leído, *Let The Dead Bury Their Dead*. Otro autor: Michael Nava, creador del excelente detective *gay* Henry Ríos, de Los Ángeles. También Felice Picano, Truman Capote, Paul Monette y Oscar Wilde (con ambos comparto cumpleaños).

Se preguntará, amigo lector, si leía en español. Por supuesto. Antes de llegar a la escuela superior había leído, por mi cuenta, todo el canon de la literatura puertorriqueña: novela, drama y cuento. Cuando ya me había tragado el discurso monotemático de la identidad nacional (la búsqueda o ausencia de esta), comencé con los latinoamericanos y los europeos. *Cien años de soledad, La ciudad y los perros, Cuentos de la selva, Cuentos de locura, pasión y muerte, 1984,* de Orwell; *Drácula,* de Stoker; *Frankenstein,* de Shelley; y otros autores como Edgar Allan Poe y Sir Arthur Conan Doyle (con la edad y la experiencia he logrado poner todo en su justa perspectiva).

¿Cuál era la diferencia para mí? ¿Cómo comparar a escritores sin reconocimientos más allá de ciertos círculos culturales, minorías sexuales y un limitado número de lectores, con los grandes maestros latinoamericanos y con la literatura de mi país, siempre en defensa de la homogeneidad y la cultura? Muy sencillo de explicar. Yo era un chico *gay* que trataba de darle sentido a mi identidad en un mundo heterosexual y homofóbico.

Toda la cultura, todas las costumbres y tradiciones, todo el cine, toda la música, toda la televisión, todos los juguetes, todos los libros, todo era heterosexual. Los homosexuales eran los desviados, enfermos, «sidosos», endemoniados, blanco de burlas, vergüenza nacional.

Nadie nos dijo que René Márquez era uno. En la escuela no nos mostraron poesía de Lorca o de Víctor Fragoso. Los nombres de Manuel Ramos Otero y Abniel Marat eran anatema. Hubiese dado un ojo de la cara por leer: «Si el hombre pudiera decir lo que ama», de Cernuda, a mis dieciséis años.

Pero si vuelvo a esa primera literatura *gay* —de la que apenas recuerdo algunos autores— barata, lúdica, explícita, banal... Fue allí, en páginas fotocopiadas y engrapadas a un cartón que muchos hombres habían tenido mis mismas dudas, preguntas, temores, confusiones. Ellos sentían, deseaban, imaginaban, amaban y veían el mundo igual que yo. Me contaban de un universo, de una realidad con la cual me podía identificar. Si estaba escrito, era real; yo no estaba solo. Alguien allá afuera escribió sobre algo que yo también sentía.

Tenemos la impresión de que hoy día los jóvenes salen del clóset con el ritmo y facilidad de las celebridades. Esto no es cierto. No podemos ignorar que hemos logrado algunos avances significativos. Para algunos —en las mejores circunstancias— es más fácil el asunto. La Internet provee acceso a información que antes era prohibida o censurada. Si embargo, la homofobia ataca aún, continúa reaccionaria por distintos flancos. Todavía hay jóvenes aislados, asustados y dudosos que se cuestionan la propia existencia. El clóset es una opción viable en una isla en la que, desde chiquitos, nos instruyen a ser «príncipes» azules o «damiselas» que sueñan con el blanco traje de bodas.

El infierno es algo tan real como la «estadidad jíbara».

Así que, este libro tiene el ambicioso propósito de servir de documental gráfico y honesto de la diversidad con la que los hombres aman, desean, fantasean, juegan con otros hombres y ven el mundo desde ese otro paradigma. Los heterosexuales tienen ya las telenovelas, los cuentos de hadas, Disney, el cine, el regetón y la literatura nacional para aprender a ser hombres de bien y mujeres en su sitio.

Y para que no quede duda, es también un acto político. Esto no es literatura *queer* para heterosexuales progresistas; no denuncia la homofobia, no pretende explicar qué somos, no ofrece excusas, no esconde en una maraña de figuras literarias *qué es lo que es*. El que quiera leerla, que bregue con las pingas.

Max Chárriez, Editor

de pinga[zos]: Antología gaybiqueer de cuento y cómic porno-erótico chicha con la literatura puertorriqueña de la manera que Manuel Ramos Otero decía que su *Novelabingo* también lo hacía. En otras palabras, se trata de sexualizar nuestras letras desde la diversidad. A la manera que Gloria Anzaldúa pedía, con la escritura *queer*, el acto de «to queer the writer» o amariconar, o sacar del clóset a quien escribe o al acto mismo de la escritura. Editada por el escritor puertorriqueño Max Chárriez para la Editorial La Tuerca, esta antología es todo un banquete para lectores bellacos. Esta atrevida invitación a los polvos no llega a ser necesariamente literatura solo de «mano izquierda». No se trata del sexo por el sexo sin más —aunque hay algo de eso en los veinte cuentos y un cómic— sino de un trabajo literario de calidad más allá de su por demás osada temática y propuesta editorial. Pingazo a pingazo (¿y, por qué no?, también mamada a mamada y culazo a culazo) recorremos las combinaciones de cuerpos masculinos, con algunos agentes catalíticos femeninos, pero todos *queer* en su dimensión de diversidad sexual. Los textos fueron escritos por Jesús Suárez, Ángel I. Figueroa, Charlie Vázquez, E. J. Nieves, Ramón E. Martínez Piñago, Peter M. Shepard Rivas, Joey Colón, Radamés

Vega, David Caleb Acevedo (ahora Eïric R. Durändal Stormcrow), H. Roberto Llanos, Edgardo Guerrero, Arnaldo Alicea, Alexis Pedraza, Amir Baquer, Max Chárriez, Francisco J. Cartagena Fernández, Benito Ponte, Dennis C. Villanueva Díaz, Eduardo García y Julio Á. García Rosado y el que suscribe, Daniel Torres.

Este grupo de escritores *gaybiqueer*, como los define el título de la antología, cierran filas para ofrecernos un exquisito lenguaje de descripciones del acto sexual en contextos urbanos y rurales de varias orillas (la isla y el resto del mundo) donde se ha cuajado la experiencia latina y diaspórica contemporánea. Es decir, el libro no se limita a una literatura escrita por puertorriqueños insulares sino que se abre a espacios y geografías continentales tanto en el norte como en el sur, donde converge inevitablemente el espacio de la isla desde donde salen o a donde llegan los personajes de estos cuentos y el cómic. La imagen del viaje es una constante porque libera a los narradores para hablar de aquello que muchas veces no es factible en los medios locales. Y este criterio de libertad en el deseo surca todo el volumen de sus páginas; y, con una breve introducción del antólogo Max Chárriez, se nos enmarca la antología a través de un testimonio de vida: «A los dieciocho años empaqué y me fui a Nueva York». Se trata de ese salto obligado del charco que todo *gay* boricua que se respete alguna vez debe dar para salir del entorno familiar conocido y experimentar así otras fronteras y cauces. La confesión de Max se puede tomar metafóricamente para todo el libro porque, gracias a ese salto, se hace posible la libertad de estos textos que, sean narrados en las islas del Caribe o en la orbe neoyorquina o en la ciudad de San Francisco así como en Salamanca, España o en Santiago de Chile, nos dan algunos ejemplos de otros lugares y ángulos desde los cuales se conciben estas historias.

Llama la atención un cuento como *Bajo el reloj de la plaza mayor,* de Ángel I. Figueroa, donde el narrador nos cuenta su despertar a una aventura *gaybiqueer* desde un cuerpo femenino a otros masculinos, por medio de la sorpresa de la experimentación erótica en una de las ciudades más bellas de las Españas. O la obra maestra *Macorix,* de Edgardo Guerrero, una narración poética digna de la mejor literatura regional hispanoamericana, pero homoerotizada en todos sus contextos: «Mi piel magullada se extasió con el roce de los brazos de mi primo Brugal que, al agarrar las riendas de Mibero, rasparon mi torso descamisado». Así también lo hace *Mi negro*, de Arnaldo Alicea, con las narraciones antiesclavistas del siglo XIX: «Tenía propuesto convertirlo en algo más que mi esclavo». En estos dos cuentos volvemos sobre la tradición de las grandes narrativas nacionales, para desmontarlas y dejar ver en sus resquicios la relación de una burguesía latifundista, con sus subordinados o subalternos que reescriben el pasado de nuestro Caribe, uno y diverso, en los espacios de la hacienda decimonónica homoerotizando esos discursos heteronormativos y nacionales o nacionalistas.

Otro cuento que salta a la vista en el grupo es *Feitiço (magia)*, de Peter M. Shepard-Rivas, donde el narrador nos entrega el encuentro de dos hombres en la Placita de Santurce. Vamos viendo poco a poco cómo «una noche de copas, una noche loca» (como dice la canción de María Conchita Alonso), se torna en el fetiche del tabaco que se sopla por todos los lados entre dos cuerpos totalmente erotizados: «El humo nos arropa con más fuerza. Me coloco cerca de tu cara para sentir el calor de la mecha junto a mis bolas y, enloquecido por la bellaquera, me masturbo tan rápido que duele». Y este *tour de force gay* sobre la noche de barra o discoteca en la búsqueda de buen sexo entre hombres es la tónica de otros dos cuentos como *Abel, mi héroe*, de Jesús Suárez y *No le dije adiós*, de Max Chárriez. En el primero se encuentran un tejano divorciado con un hijo y un latino *gay* ya asumido; y en el segundo, tenemos al yo narrador que busca su consabida presa en una barra o discoteca cualquiera: «Lo vi entrar. Cualquiera diría que lo esperaba, porque me pasé la noche pendiente a la puerta». El olor a deseo, como una invitación deliberada a los polvos, se transforma en la metáfora que construye *depinga[zos]: antología gaybiqueer de cuento y cómic pornoerótico*. Y, hasta cierto punto, este adjetivo podría haberse pluralizado porque no es solo el excelente cómic el que es pornoerótico, sino toda la colección con sus gráficas y deliciosas descripciones del amor/sexo entre dos hombres y una mujer o entre un hombre y una mujer mientras el hombre piensa en otro hombre, como en *Donde caben dos caben tres*, de E. J. Nieves.

Hay otra serie de narraciones de los efebos que aprenden con los hombres mayores de las artes de los pingazos, es el caso de *Proyecto de lujuria*, de Alexis Pedraza o *La pesquisa del Webmaster*, de Joey Colón, donde el espacio virtual del Internet se convierte en terreno fértil para buscar esa conquista perfecta del *Webmaster*, que lo elude hasta que un buen día le hace caso al personaje: «Aparece el *Webmaster*, se lanza hacia el abismo negro de la desesperación; no puede evitarlo». Otras narraciones lidian con la pérdida de la inocencia y la afirmación de un yo *queer*, como en el preclaro fragmento de novela de nuestro David Caleb Acevedo (ahora Eïrïc R. Durändal Stormcrow), *El oneronauta*, o las de puro sexo, como *Lienzo chocolatoso*, del cachondo H. Roberto Llanos, donde el color de la piel también es un signo de identidad sexual que asume el estereotipo racial y lo celebra. *Las hijas de Lot según el marqués de Sade*, de Radamés Vega es una excelente exégesis bíblica del criterio de hospitalidad para la destrucción de Sodoma y Gomorra, así como el incesto de Lot con sus hijas, como uno de los tabúes ya rotos desde los tiempos sagrados de la Biblia.

Exquisitos son también los relatos donde la loca mantiene al bugarrón, *Rafael ya no va a llegar*, de Dennis C. Villanueva Díaz; o los coqueteos con los machos, *Elián*, de Ramón E. Martínez Piñango; la experiencia sexual de la cárcel, *Sebastián*, de Amir Baquer; el niño que se transforma en la diva Sara Montiel con la ropa y los afeites de una tía para erotizarse, *Verde esperanza*, de Benito Ponte; el sobrino que complace a toda la familia porque su pinga es portentosa, *Visita a mis tíos*, de Eduardo García; y el típico *gay* que quiere con amigos dizque heterosexuales, como en el cómic pornoerótico *El mejor pana del mundo*, de Julio Á. García Rosado, con unos dibujos precisos en la línea de cuerpos que hacen el amor en la lujuria. También tenemos esta obsesión del *gay* con el hetero en *Un sueño al deseo de sus cuerpos*, de Francisco J. Cartagena Méndez, donde Alfredo se hace objeto del deseo de un aprendiz de escritor que le escribe versos. *En la ciudad de los muertos,* de Charlie Vázquez, asistimos a un Comala *gay* en el cual el personaje se encuentra con lo esotérico.

Celebro la publicación de esta antología por Editorial La Tuerca, que va perfilándose ya como una de las mejores editoriales jóvenes de Puerto Rico y avanza a la vanguardia, ofreciéndonos un espacio abierto para la publicación de textos como este donde se cumple lo que nos dice Foucault en el epígrafe del volumen: «La sexualidad forma parte de nuestro comportamiento, es un elemento más de nuestra libertad». Aclaro también que este es un libro para lectores *gaybiqueer* y otros curiosos aliados o entendidos, para erotizarse y embellacerse sin tapujos de ninguna especie. Hay que llegar a sus páginas con una actitud abierta y libre para poder degustar los suculentos manjares literarios que nos ofrece. Nos incita también a ser lectores participantes y activos en la lógica de las acciones de sus respectivas tramas. Se trata de gozar leyéndolos y de disfrutar entre palabras todos los efectos de estos pingazos delirantes que ya se nos presentan prefigurados en los dos cuerpos entrelazados por un beso lujurioso de la portada, y acaban en los dibujos del cómic pornoerótico como una buena película pornográfica para un miércoles por la noche, después de una larga jornada de trabajo a mitad de semana, invitándonos a los polvos...

Daniel Torres, Escritor
Ohio University

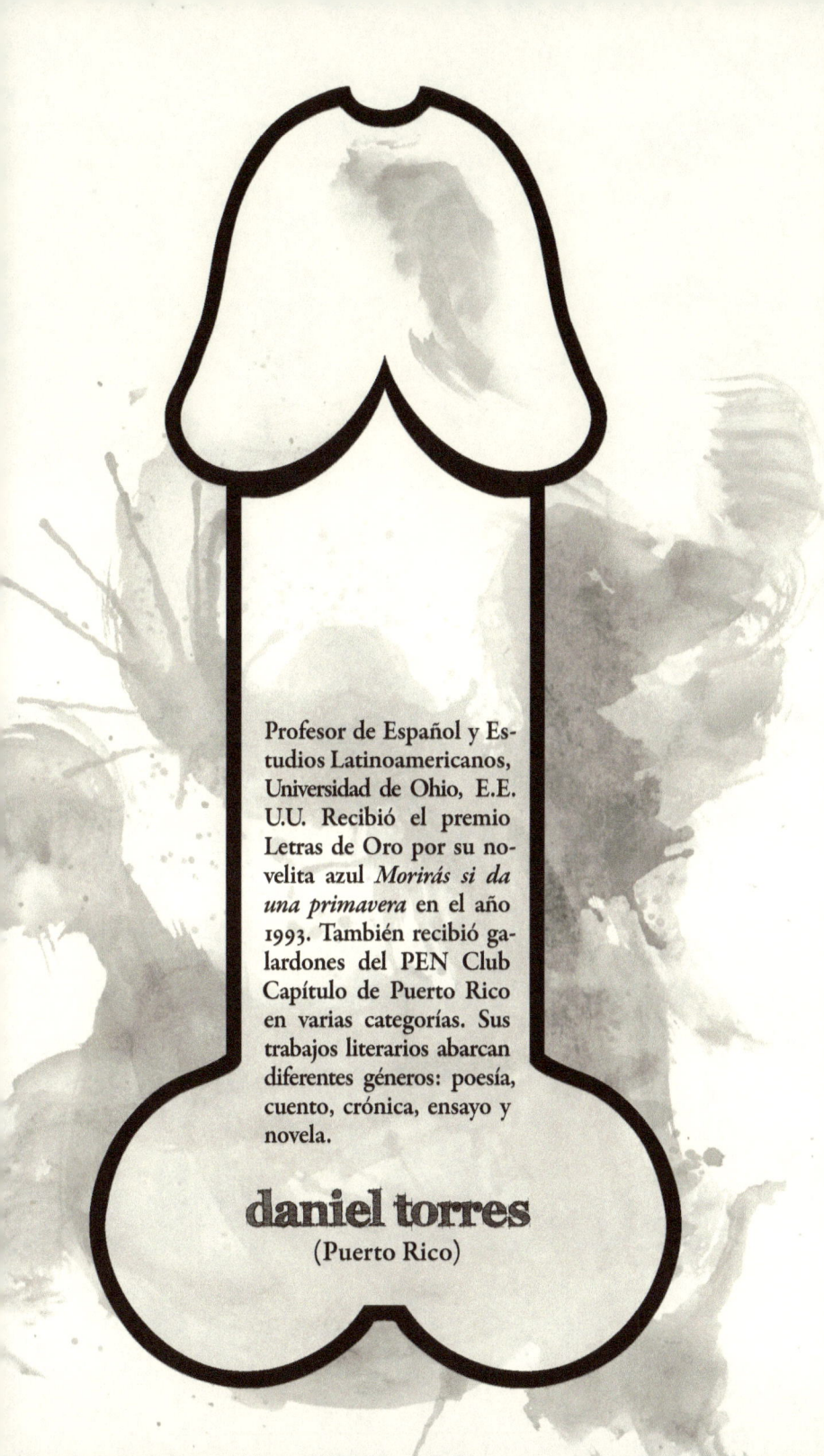

Profesor de Español y Estudios Latinoamericanos, Universidad de Ohio, E.E. U.U. Recibió el premio Letras de Oro por su novelita azul *Morirás si da una primavera* en el año 1993. También recibió galardones del PEN Club Capítulo de Puerto Rico en varias categorías. Sus trabajos literarios abarcan diferentes géneros: poesía, cuento, crónica, ensayo y novela.

daniel torres
(Puerto Rico)

que me perdonen los dos
daniel torres

> *Que me perdonen los dos, pero los sigo queriendo,*
> *que me perdonen los dos, si aún les sigo mintiendo...*
>
> Canción cantada por **Nydia Caro**

A Carlos lo conocí hace muchos años en una convención médica en Los Ángeles. Después de un romance relámpago, me fui para allá y me instalé a continuar mis estudios posgraduados. A Miguel lo conocí mucho después, cuando Carlos y yo éramos ya una pareja y vivíamos en dos ciudades diferentes del *midwest* norteamericano.

Los triángulos nunca me causaron pánico. Cuando me vine de la isla a California, traía esa idea medio burguesa de que Carlos y yo seríamos dos seres felices viviendo juntos, pero como yo acabé viviendo en el *campus* y Carlos vivía en el centro de la ciudad, no se nos dio lo de la bendita convivencia. Con Miguel, simultáneamente, comencé a salir cuando hacía la práctica en un hospital de la zona menos privilegiada de L. A., y se me fue metiendo poco a poco entre el sudor de los clósets de los conserjes de la sección del hospital donde él también trabajaba, y donde hacíamos el amor contra viento y marea, burlando los horarios nocturnos de once a siete. Para ese entonces, él no sabía nada de Carlos. No fue que se lo ocultara deliberadamente; simplemente, lo fui dejando para después hasta que fue casi imposible decírselo, y me acostumbré a los dos como dos componentes inseparables de mi vida.

Miguel era un muchacho negro (igual que yo) de los barrios bajos de otra ciudad californiana. Mi negritud era la caribeña, la que en la isla se define muchas veces por la calidad del pelo antes que por el tono o las facciones de la cara. Carlos era vasco, de Bilbao, divorciado y, tal vez, un poco el otro lado de la moneda. A él siempre me unió el afán por hacer algo más allá de los meros ideales anquilosados de los que solo producen ideas sin acciones.

Con Miguel, lo sexual fue un descubrimiento de primera magnitud. No se trataba solo de nuestra compatibilidad racial de iguales, sino también de nuestras edades; yo le llevaba unos dos años apenas. Carlos era mucho más maduro que ninguno de los tres, y me representaba la posibilidad de lo que yo quería ser. Siempre lo respeté y lo admiré muchísimo. Sus virtudes eran muchas: seriedad intelectual, esa manera de ser del hombre cuarentón en pleno dominio de su sexualidad desatada que me instruyó en los secretos del amor sadomasoquista, de hacerme su esclavo, constituyéndose en mi *amo* y *señor* en los territorios de la cama y la almohada. O debería decir, las almohadas que por todos lados sostenían las infinitas posiciones que ensayaba conmigo para perfeccionar con otros... O por lo menos siempre pensé que, en esta relación abierta a las posibilidades de otros modos de ser, era permisible la canita al aire, siempre y cuando no se dijera nada y la discreción imperara como *dictum* de todos los triángulos de nuestros quince años de pareja constituida sin tapujos ni restricciones, porque todos y todas sabían que éramos amantes.

Con Miguel, siempre privó la experimentación a ultranza. Descubrir juntos los misterios de nuestros cuerpos enamorados uno del otro. Y no, lo físico no era lo que más dominaba nuestros encuentros cada vez que mi práctica médica me permitía dividirme astutamente entre Carlos y Miguel, sin que ni uno ni el otro sospechara que le pertenecía a los dos equitativamente.

Y todas estas explicaciones me llevan a justificar mis actos de las pasadas setenta y dos horas, de ya no saber si existen códigos mediante los cuales pueda explicarse que los matara a ambos anoche, cuando llegué al apartamento y ahí estaban los dos seres que más he querido en la vida: Carlos y Miguel, los dos hijos de puta que me habían hecho uno más de sus objetos del deseo mutuo. Y yo pensando que era solo yo el que los traicionaba indistintamente. «Sorpresas te da la vida, la vida te da sorpresas...», como dice una salsa de Rubén Blades.

No se suponía que Miguel estuviera en Ohio. Yo había ido a la isla por vacaciones, a ver a la familia. Desde los tiempos en que yo volvía a L. A. para visitarlo, después que Carlos y yo nos mudáramos y Miguel supiera todo y me dejara, hasta cuando le mentí y le dije que Carlos y yo ya no éramos pareja, desde esa vez habíamos vuelto a enamorarnos sin vacilaciones. Yo vivía en Athens, Ohio, y Carlos en Columbus, Ohio; y Miguel seguía limpiando pisos en aquel viejo hospital de L. A. del que salí yo hace poco menos de cinco años. Carlos no podría haber conocido a Miguel. ¿De qué manera? Y siempre pensé que debía revolver por entre libretas de direcciones, cuentas del teléfono, tarjetas de crédito para seguir la pista de Carlos en L. A. cuando yo no estaba y recién me había mudado a Ohio. Parece que en ese entonces, en una de esas jugarretas de la pasión, se conocieron; y Miguel supo dónde había ensayado yo lo del pañuelo metido en su culo, justo antes de venirse e írselo sacando lentamente mientras los espasmos lo hacían saborear mi bicho hasta beberse todo el semen de mi boca y besarme profundamente, hasta que el rito culminara con la metida lenta de mi pinga entre sus nalgas, hasta perderse en las mullidas esperanzas de otras erecciones del otro lado de la ilusión, o cuando los atardeceres se le llenan a uno toditos de colores... Las técnicas de hacer el amor entre Carlos, Miguel y yo eran las mismas, y Miguel las reconoció en Carlos cuando comenzaron a verse, y yo nunca sospeché nada.

Yo también había ya descubierto lo que era cerrar los ojos y hacerle indistintamente el amor a Miguel o a Carlos, como un minotauro blanquinegro, del cual mi lengua se sacara un laberinto. No fue antes de la mudanza que me di cuenta del enigma sino después. Cada vez que volvía entre el puente tendido entre Los Ángeles, Columbus y Athens se me vislumbraba el antifaz de los besos a dos rostros simultáneos. Miguel era el centro definitivo del triángulo. Él me llevaba a Carlos y este de vuelta a Miguel. Lo que nunca supe fue que yo era a su vez el centro del otro triángulo: el de Carlos, que amaba a Miguel en mí, y yo a Miguel en él.

Que me perdonen los dos porque matarlos significó toda una liberación de fronteras indefinidas en el gran limbo que siempre fue el desamor. Matándolos, no sucumbí al espejismo de los celos, sino a toda la teoría de desmantelar los binarismos Carlos/Miguel y reconocerme en el centro de todos los dominios como alternativa de despliegue y regodeo de los centros que se me desmoronaban. Tenerlos a los dos se erigió en la práctica del Otro. Fui de ellos como ellos, a su vez, fueron míos; y me convertí en los dos sin serlo. Ellos desaparecen desmembrados con una pierna por aquí y un brazo en el otro lado de la habitación. El acto de matarlos, en sí, no fue violento. Fue un acto de amor deshuesarlos y hacer de sus dos bichos uno solo, largo y tenso, que me fui mamando despacio... Quebrarles las articulaciones, como descuartizar o trizar un pollo asado, no fue fácil. Desaparecer la evidencia y limpiar cada rastro de sangre en la nieve hasta quemarlos y dispersarlos a ambos en cenizas fue un acto de purificación mediante el cual este revólver, como en una película, da el indicio de mi muerte inminente.

Y desapareceré con esta confesión en las manos, siendo el modo más certero de que no me condenen; porque ante todo, accedimos los tres a destruirnos o amarnos por medio de la construcción de otro espacio mucho menos perverso. Desaparecemos los que podemos considerar la violencia más allá del crimen como un acto infinito de amor.

Estudió en la Universidad Internacional de Florida, E.E. U.U., y participó en docenas de entrevistas en radio y televisión; miembro certificado de la Iglesia Lucumi de Baba-Lu-Aye. Se le reconoce como activista local, nacional e internacional en asuntos de Santería, Lucumi, la religión Yoruba, sus culturas y la comunidad gay. La versión original en inglés de *Abel, mi héroe* se publicó inicialmente en la antología *From Macho to Mariposa: New Gay Latino Fiction*, editada por Charles Rice González y Charlie Vázquez en el año 2011.

jesús suárez
(E.E. U.U./Cuba)

abel, mi héroe
jesús suárez

Yo era un fugitivo; y si por casualidad a la policía le hubiera dado
por hacerme un registro, tenía una pistola encima. Me habría jodido
por completo. De seguro me habrían arrestado. Tenía dieciséis años,
era varón y latino. Si hubiese sido una muchacha, quizás los policías
no me habrían preocupado tanto. Pero siendo varón, latino y encima
de eso *gay*... Estaría metido en tremendo mojón.

Aunque el grupito de «hijos buenos de sus madres» me hubieran asaltado y violado, a los policías no les hubiera importado
ni un cojón porque, según su punto de vista, yo solo era un *spic
faggot* que se merecía todo lo malo que le pudiera pasar.

Quizás, si me hubiera portado como un mariconcito bueno y
hubiera sido de lo más bonito y no hubiera estado tan aporreado,
ellos me habrían forzado a mamarles las pingas para después
soltarme y así evitar que tuvieran que escribir reportes sobre el
asunto de esa noche. Y con eso «chirrín chirrán, calabaza calabaza, cada uno pa' su casa; y el que no tenga casa, que vaya pa'
la plaza». Los policías se preocupan de que alguien como yo se
queje y los acuse frente a sus jefes. Todo el mundo sabe que los
maricones son mentirosos, ¿verdad?

Asustado, estuve a punto de llorar. Me tragué mi dilema en seco y empecé a inventar diferentes excusas en mi mente, pero no sabía cual era la que podía salvarme. Quizás si le hubiera pagado a alguien diez dólares para que me acompañara hasta mi carro...

—Abel... ¿Cómo Caín y Abel en la Biblia?

—Sí —respondió sonriente, dándome un masaje en la muñeca golpeada accidentalmente contra su pecho musculoso mientras bailábamos esa noche que nos conocimos en la discoteca The Odyssey en Los Ángeles.

—¿De dónde eres? —le pregunté.

—Soy de Texas —dijo orgulloso y expandiendo el pecho, llenándolo con su respiración y haciéndose más grande de lo que ya era—. Texas occidental, San Antone —repitió con acento tejano.

—¿Eso es San Antonio, Texas, verdad? —le pregunté para que me aclarara si Texas tenía un pueblito llamado San Antone. Texas era un estado tan inmenso que, posiblemente, existía un pueblito llamado así. Habían pasado pocos meses desde que había atravesado ese estado. Manejé por horas y horas, por lo que llegué a desesperarme. ¡Qué ganas tenía de salir! Había tanto Texas que me cansé.

Después de observarme por un momento, Abel respondió que sí, mirándome fijamente como si yo fuera algún idiota. Con el tongón de problemas que yo me había buscado durante esos días, definitivamente, se me podría considerar uno; aunque, francamente, en ese momento no me importó mucho que lo fuera o no.

Comencé a sentir alivio en la muñeca; él tenía manos de curandero. ¿Quién se lo hubiera imaginado? Le di las gracias y puse la mano sobre mi muslo para evitar golpearme otra vez.

—Y tú ¿de dónde eres? —me preguntó.

Yo le respondí que era de Miami, pero que estaba viviendo y trabajando en Hollywood. Seguimos hablando y bebiendo nuestros tragos. Hablamos sobre nuestras familias.

Abel me explicó que él era casado, aunque que se encontraba en proceso de divorcio; y que tenía un hijo que hacía poco había cumplido tres años de edad, y que estaba muy orgulloso de ser padre. Dicho eso, sacó una foto chiquita de su cartera y me la mostró. El niño se llamaba como él, Abel, y se veía hermoso. Estaba vestido como si fuera un caballerito; o, por lo menos, pensé yo que lo vistieron así para que pareciera que lo era. Se podía ver claramente que Abel era, sin dudas, el padre. Cuando le dije que su hijo se parecía mucho a él, Abel me dijo penosamente: «Pues ojalá que no porque yo no soy bonito, yo soy un hombre feo».

—Tú no eres feo —le dije—, yo creo que eres bien atractivo... Bien guapo.

Riéndose de mi respuesta, preguntó curioso a qué me refería con que se veía bien guapo. Sin pensarlo, le dije que si se cortaba un poco el bigote, seguro que se vería más joven.

—Mande... ¿Cómo que más joven? ¿Qué edad piensas que tengo? —preguntó un poco enojado.

Como él se había portado tan formal conmigo, imaginé que debía de tener mucho más años que yo.

—Yo no sé... Quizás veintiocho o treinta años. ¿No?

Respiró profundo y sus hombros cayeron de tristeza.

—¿Me veo tan viejo y tan vencido?

—No... No pienses así. ¡Que sé yo de adivinar las edades de las personas? —le repliqué rápido y me di cuenta, demasiado tarde, de que yo había metido la pata.

—He pasado un año muy difícil por el divorcio y por no poder ver y estar junto a mi hijo.

Noté que yo había hecho que este hombre, que se había portado tan decente conmigo, se sintiera triste. Me sentí como un tremendo comemierda. Ver la manera como sus ojos se aguaron me tocó el corazón.

—Vamos, eso no vale. A ver, dime, ¿cuántos años crees tú que yo tengo? —le imploré sentándome derechito y diciéndole que sí con la cabeza para que lo hiciera.

Yo esperaba que me dijera que yo tenía, por lo menos, dieciocho o quizás hasta veinte años. Él me miró fijamente y dijo: «No sé, tienes como veintidós o veintitrés años, ¿no?».

—Tú piensas que tengo tanto... ¿De verdad? ¡Gracias! —Le pasé la mano por el brazo, agradecido por la respuesta. Yo, verdaderamente, no lo esperaba. Su respuesta me hizo ver lo bien que yo disimulaba mi verdadera edad.

—Te has puesto tan contento... ¿Qué edad tienes güerito?

—¿Güerito? ¿Quién coño es güerito? Mi nombre es Jesús —le dije confundido. Él se rió y me aclaró que «güerito» no es un nombre, sino lo que yo era: «un blanquito».

—¿Un blanquito? ¿A quién coño le estás llamando un «blanquito»? ¡Yo no soy ningún «blanquito»; yo soy latino, y con orgullo de serlo!

Se rió con ganas en mi cara. «¿Tú estás orgulloso de ser latino?», me preguntó sorprendido.

—¡Sí lo estoy! ¡Estoy bien orgulloso de ser latino y, particularmente, de ser cubano! ¿Te parece bien?

Volviéndose a reír abiertamente, dio fuertes palmadas en su rodilla.

—¿Tú te estás burlando de mí? ¡No te estés burlando de mí!

La sangre me empezó a hervir. Esa no era mi noche; o, por lo menos, así pensé en el momento.

—Güerito, tus ojos se ponen tan bonitos cuando estás bravo, permíteme verlos... Son bien bonitos. Yo quiero estar contigo.

¿Que quiere estar conmigo?, pensé. *¿Qué querrá decir con eso?* Le pregunté.

—Yo quiero pasar tiempo contigo. Te quiero conocer. Yo jamás me he sentido de esta manera por otro hombre, pero lo estoy sintiendo por ti.

¿Cómo carajos puede ser esto? ¿Estará este tipo loco? Yo no supe qué responderle.

—¿Cómo puedes saber eso si nos acabamos de conocer?

—Porque lo sé —contestó rápido y sin dudas.

—Ven acá... ¿Y si tú no eres quién tú dices que eres? ¿Cómo yo lo podría saber? Yo no he visto ningún tipo de identificación tuya.

Él sonrió y sacó la cartera del bolsillo. Viéndolo, hice lo mismo. Me entregó la identificación y yo le entregué la mía, rezando para que no se diera cuenta de mi verdadera edad. Miré su licencia; el nombre y el rostro eran los mismos. Él también verificó que mi identificación tuviera el nombre que yo le había dicho, y que era de Miami, como expliqué. Noté que había nacido en el 1956. Calculé la edad, y entendí el error que había cometido. ¡Él solo tenía veinticuatro años! Antes de que se percatara de mi edad, cogí mi identificación y le devolví la suya.

Abel insistió: «Ya viste mi licencia y yo vi la tuya... ¿Ahora puedo yo pasar un rato contigo?».

—¡No nos hemos ni besado! —protesté—. ¿Y si a ti no te gusta la manera en que yo beso y a mí no me gusta la manera en que besas tú? Un beso es muy importante para mí.

—¿Qué es lo que quieres que yo haga? ¿Que te bese aquí a la vista de todos?

Pensé dentro de mí: *Esta es la mía. Ahora, definitivamente, Pancho Villa... Cuando diga Abel, se acobardará y me dejará tranquilo pa' yo poder dedicarme a pensar de qué manera voy a escapar de mi dilema y regresar a mi cuartico en el Hotel San Francisco, sin más acá ni más allá.*

Pensando que de esa manera iba a asustarlo, y así salir de él, le dije: «Sí, bésame en los labios aquí mismo y a la vista de todos. Demuéstrame que tú, verdaderamente, quieres conocerme. Tú eres un hombre y yo lo soy también. Los dos somos adultos. Demuéstramelo, si tienes agallas».

De pronto, Abel agarró mi cabeza con las dos manos y me plantó un beso que hizo que me olvidara de mis preocupaciones en ese momento. Acomodándose todavía para sentarse más cerca de mí, comenzó a medir mi reacción. Me miró intensamente a los ojos con una sonrisa sutil en sus labios. Yo le devolví la mirada con la misma intensidad. Sorprendido, abrí mi boca para decirle algo, pero él me robó otro beso. Esta vez, abrazándome fuerte con aquellos brazos musculosos, y encaracoló nuestras lenguas. Un par de muchachas nos pasó por el lado y una de ellas, por envidia, nos gritó encabronada: «¡Consíganse un cuarto!».

¡Que maravilla! Le aguanté la cara con una mano y le devolví el beso lo más tierno y apasionadamente posible. Sus labios sa-

bían a alcohol y cigarrillo... Sabor a hombre. La colonia que usaba olía perfecta en su piel. Yo cerré los ojos y me sentí mareado, como si estuviera ebrio. Sus feromonas tenían que estar encendidas porque yo jamás había olido o probado algo tan estupendo en mi vida. A mí se me puso la pinga dura como un palo, y pude darme cuenta de que él tenía la suya como tremendo tronco. Se le marcaba en los pantalones.

—Yo necesito comprar cigarrillos. ¿Por que no nos vamos de aquí? —sugirió, apretándome más con los brazos.

—Está bien. ¿Adónde quieres ir?

—Para cualquier lugar. No me importa. Solamente, quiero estar contigo a solas.

¿Podrá esto ser posible?

—Primero tengo que ir al baño. ¿Por qué no me acompañas —me preguntó Abel.

—No, gracias. Yo estoy bien, no necesito usarlo.

—Pues acompáñame y espérame en la puerta.

Y así mismo me agarró por la mano sana y me haló hacia la puerta del baño. Yo me paré firme antes de entrar y le dije que lo esperaba allí. «¿Te parece bien?».

—No te me desaparezcas, ¿me oyes? —me advirtió mirándome fijamente a los ojos.

—No me iré, te lo prometo —respondí con una sonrisita coqueta. Volvió a agarrar mi cabeza con las manos y me plantó otro beso apasionado con que marcó bien su territorio a la vista de todos. Él quería asegurarse de que yo entendiera. Y lo entendí.

Justo en el momento que Abel entró al baño, de la nada apareció Gabriel, el tipo del que yo había estado huyendo toda la noche. El cingao hijo de puta me encontró. Me agarró por el brazo y lo apretó bien fuerte. Otro amigo lo acompañaba. «Oye, ya ha pasado bastante tiempo, y nosotros queremos irnos para la casa. Así que ven con nosotros, ¿quieres?». Por la manera en que me habló, supe que no me estaba preguntando si yo quería... Me estaba ordenando.

—Discúlpame —le dije pensando qué carajo podría hacer para escaparme—. ¿Por qué no lo dejamos para mañana por la noche? Me encontré aquí con un amigo del trabajo que quiere que yo lo acompañe a otro lugar.

Enseguida supe que Gabriel estaba encabronado conmigo. «Yo te tengo una fiestecita organizada. Sé lo mucho que te gusta mamar pinga. Para ya de bromear y ven con nosotros al fondo del club». Gabriel empezó a jalarme y yo resistí hasta zafarme. Me siguió doliendo el brazo. Justo en ese momento, Abel salió del baño. Notó enseguida que yo estaba turbado.

—¿Qué pasa? —preguntó evaluando la situación.

Abel y Gabriel se miraron uno al otro, midiéndose, casi prestos a pelear. Abel se veía tan guapo, tan varonil. Comparado con él, Gabriel y su amigo parecían un par de muchachitos. Gabriel y su amigo me miraron con odio y frustración, y se regresaron al grupito con quienes andaban.

—¿Que fue eso? —Abel sonó encabronado.

—Nada. Ese tipo me prestó un dinerito la semana pasada y a mí se me olvidó traérselo, pero yo le aseguré que se lo traería mañana —le mentí.

—¿Tú vuelves para acá mañana? —inquirió suspicaz.

—Bueno... Yo tengo que darle su dinero.

—Pues ¿cuánto le debes? Te lo puedo dar y tú me pagas cuando quieras.

Tragué en seco.

—Vamos, no tienes que hacer eso —le dije—. Seguro que está usando esa excusa porque quiere pasar tiempo conmigo.

—¿Sí...? ¿A pasar tiempo contigo haciendo qué? —me preguntó notablemente celoso.

—¿Por qué me haces tantas preguntas? No te preocupes, que no es nada. ¿No que íbamos para otro lugar?

Le mostré la sonrisa más seductora que podía disimular en ese momento. Me sentí agotado por tantas emociones fuertes y distintas. Mis piernas flaquearon débiles y temblorosas, como si me fuera a caer de pronto. El corazón me latió descontroladamente. Él nunca supo de lo que me salvó esa noche, y nunca me atreví a decírselo.

Estacioné mi carrito mirando hacia al mar. Me aseguré de poner bien el freno de emergencia porque era difícil saber cuando algún cabrón podía chocar contra el carro y así mandarnos por el precipicio a chocar contra las rocas que abajo podrían molernos.

Abel saco un par de cervezas del empaque y las abrió. Me entregó una y, a la vez, me empezó a hablar muy triste de su hijo: cuanto le pesaba no poder estar a su lado para criarlo. Lo extrañaba mucho y confesó que tenía el corazón destrozado por culpa de eso. Le pregunté por qué él y su esposa se estaban divorciando, pero evadió rápidamente el asunto. Dijo que la situación entre él y ella era demasiado difícil de explicar. La verdad era que le dolía mucho explicarlo. Yo lo palpaba de solo estar sentado a su lado. Lo veía tan triste y tan oprimido. Tomaba su cerveza usando una mano; con la otra sostenía tiernamente una de las mías. Se la besé, deseando disminuir su dolor aunque fuera un poquito. De esa manera descubrí que no era difícil complacerlo. Se me acercó y comenzó a besarme más apasionadamente que en el club. Sus besos eran intensos y ardientes. Beso a beso, empezó a conquistarme el corazón.

Le cogí la mano y la puse entre mis piernas para enseñarle cómo me gustaba que me frotaran el sexo. Yo extendí la mía sobre su pinga y no pude creer lo que palpé. Abel redobló la pasión de sus besos cuando le toqué el miembro. Le desabroché la hebilla del cinturón y la cremallera. El pingón era demasiado grande y estaba demasiado duro como para poder sacárselo del pantalón. Quise liberarlo para poder admirar su belleza. Aún teniendo el pantalón completamente abierto, no encontré manera de sacárselo. Él tuvo que despegar las nalgas del asiento para que yo pudiera bajarle el pantalón y el calzoncillo hasta medio muslo. Solo así pude liberar el gran mástil de su prisión.

Cuando vi el tamaño de la pinga parada y derechita como un soldado, lo larga y gorda que era, casi abro la puerta del carro para salir huyendo. *¿Qué carajos es eso?* Abel se dio cuenta de que me estaba asustando con semejante tamaño. «No te asustes ni te preocupes», dijo tiernamente, «yo no te voy a hacer ningún daño».

¿Cómo pensaba poder cumplir con semejante promesa?

Jamás había visto una pinga tan grande. Yo no había tenido tantas experiencias como para comparar, pero la única pinga que se acercaba a aquel tamaño era la de William, mi benefactor, pero no era tan grande y troncuosa. Quedé anonadado.

La anaconda entre sus piernas me miró fijamente como esperando a que le diera mi atención. Los cojones que le guindaban eran los más grandes y abultados que yo había visto en mi vida. «No tengas miedo», él insistió, y trató de tranquilizarme. Cogió mi mano y, con paciencia y ternura, me animó a intentarlo. Acerqué mis labios y le di un beso delicado en la cabeza a la criatura sobrenatural. Saqué mi lengua y comencé a lamer y a mamar todo lo que era posible. Rocé la cabilla entera desde la raíz hasta la gran cabezota que lo coronaba. Le ofrecí todo el placer que me era posible mientras lo masturbaba frenéticamente.

Las ventanas de mi carrito se empañaron.

Sentí la respiración fuerte que Abel soltó en mi nuca. Se le escapó un gemido. Necesité que me diera un beso para yo seguir. De pronto, él casi se vino, pero lo seguí masturbando. Después le pregunté:

—¿Cómo te gusta? ¿Te lo estoy haciendo bien?

Me miró a los ojos, asombrado.

—¿Que si lo estás haciendo bien? Nadie jamás en mi vida me ha hecho lo que me estás haciendo.

—Vamos, no jodas. ¿Te gusta o no?

—Te lo digo en serio. Ninguna de las mujeres con las cuales he estado ni me lo besaban. Me consideraría con suerte si algunas de ellas me hubiese masturbado, y aún mas dichoso si me hubieran dejado tener sexo con ellas. Hasta las putas me rehusaban. ¿Cómo lo logras?

La respuesta era bien fácil. No sabía que podía rehusar darle placer a otro hombre. ¡Cojones! Estaba convencido de que cuando un hombre me demostraba su calentura, a mí me tocaba satisfacerlo. Eso fue lo que mi primer novio Andrés me enseñó forzosamente. Me sentí como una puta y me avergoncé.

—¿Tú crees que yo soy una puta? —pregunté abochornado y con ganas de llorar.

—¿Una puta? No, mi amor, tú no eres ninguna puta. Tú me estás haciendo bien feliz. ¿Por qué no nos vamos de aquí y nos conseguimos un cuarto para poder acomodarnos y así conocernos mejor?

Aliviado por la respuesta, respondí que me estaba quedando en un hotelucho un poco lejos de allí, en Hollywood; que si le parecía, podíamos ir allá y nos ahorraríamos tener que gastar dinero.

—Mi cielo, si me dices que te vas para la Luna, yo me iría contigo. Vamos a dejar de perder el tiempo y arranquemos, que para luego es tarde. ¡Mis huevos me duelen por tu culpa, cabrón!

Lo abracé por el cuello y le llené la cara de besos. Trató de besarme, pero no le di la oportunidad, de tan alegre que estaba. Yo me reía tontamente mientras lo besaba.

—Verdaderamente... ¿Te gusto, mi amor? —inquirió casi sin creerlo.

—¿Sabes qué? Iba a preguntarte lo mismo.

—Creo que me estoy enamorando de ti.

—Y yo de ti.

Me mostró una sonrisa encantadora. Recogiéndome para poner el carro en marcha e irnos, le pregunté si no pensaba guardar el pingón en los pantalones. Podía sacarle un ojo a cualquiera con esa cabilla. Abel se rió con gusto y me confesó que no podía acomodársela en los pantalones hasta que no se le bajara. Avancé lo más que pude hacia hotelucho San Francisco. Llegamos en poco tiempo: cuarenta y cinco minutos. Yo estaba lo más contento y feliz que me había sentido en muchísimo tiempo.

Posee una Maestría en Comunicación Pública, Universidad de Puerto Rico y un Doctorado en Comunicación y Cultura, Universidad de Salamanca, España. Laboró como corrector para los periódicos El Mundo y El Vocero de Puerto Rico. En el año 2011, su cuento *El súper ocho* recibió el Premio Internacional de Cuento Breve de Latin Heritage Foundation, publicado en en la antología *Los ojos de la Virgen*. El mismo año, Latin Heritage Foundation editó y publicó la antología *Al este del arcoíris*, con diez microrrelatos.

ángel l. figueroa rodríguez
(Puerto Rico)

bajo el reloj de la plaza mayor
ángel I. Agueroa rodríguez

Mis padres me anunciaron que tenían una sorpresa por la cual tenía que aguardar hasta después de la cena. La angustia me consumió; así que, apenas logré probar bocado. El mero hecho de que se pusieran de acuerdo en algo me dejó estupefacto, mas la ansiedad de ellos fue mayor. Sin terminar el postre, me presentaron el plan estratégico para, según ellos, «alejarme de las malas influencias, de mis juntillas en la universidad, en aras de mi mejor bienestar». Rápidamente, pensé que tuvo que haber sido doña Elena, la que limpia nuestra casa, quien les fue con cuentos. Ese mismo día, en momentos en que ella —como de costumbre, y para atajar camino de su casa a la botánica de la Plaza del Mercado de Río Piedras— cruzaba todo el recinto universitario, me agarró en pifia mientras me daba una calada de un canuto en compañía de mis compinches. Lo que nunca entendí fue cuán rápido mis padres movilizaron su red de influencias para el exilio forzoso que me condujo a España, de modo que continuara mis estudios en Derecho, me apartara de las amistades que ellos llamaban «cafres» por no ser consabidos amigos de la esfera social en que me habían criado.

En una semana, me instalaron en una recién construida residencia estudiantil dentro del campus de la Universidad de Salamanca, y me correspondió comenzar un nuevo año lejos del calor de la Navidad de mi tierra caribeña. La novedad de encontrarme con la monumental y fría ciudad de piedra apartó de mí cualquier nostalgia. Abrigado hasta los dientes, me dediqué a explorar cada rincón de sus calles, los monumentos, los parques, las plazas, los bares, las comidas y la gente de esa capital de provincia castellana. Pasó casi un mes durante el que recorrí a pie, de norte a sur y de este a oeste, cada pedazo de su suelo empedrado. El frío vino a hacer mella en mis huesos y la soledad se metió entre mis sábanas. Esa fue la noche de las horas en suspenso y de la pereza de los minutos que insistieron en alargar mi pena.

Un nuevo día me despertó con el barullo y las carcajadas del batallón que comenzó a llenar las habitaciones de la residencia que ocupábamos solo cinco estudiantes. De repente, la puerta que conducía hacia la cocina que compartía mi habitación con la contigua se abrió y tras esta apareció un par de mares azules envueltos en una melena morena acompañados de una carcajada burlona que estalló en mis oídos:

—Anda, holgazán, levántate ya de esa cama, que me apetece charlar contigo. Me llamo Beca y llevo rato aguardándote en mi habitación con la puerta abierta.

Ante esos reclamos, me acicalé de inmediato y fui a mi primer encuentro con Rebeca. Al entrar en su habitación, sentí el cantazo de la mezcla de acetona y de esmalte fresco. Mis ojos se posaron en sus muslos, que presagiaban una dulzura infinita y que se me antojó probar por primera vez. Fui incapaz de ocultar mis intenciones tras la mirada sicalíptica que, insistentemente, intentó traspasar su pijama. Ella se hizo la desentendida y continuó pintándose de negro las uñas de los pies. Asombrándome, dijo: «Ven, que te quiero pintar las uñas». Me senté a su lado. Rebeca terminó pintándome las uñas sin saber que ese simple acto despertaría en mi carne los deseos más ocultos.

La calefacción no llevaba mucho tiempo de estar encendida, lo que ayudó a que buscáramos el calor de nuestros cuerpos. El deseo se forjó en mi cerebro y fluyó directamente elevando mi glande, que palpitó incontrolable y reclamó la atención de Beca. Al percatarme de que sus mares azules no cesaban de insinuarme que estaba dispuesta a llevar a buen destino mi desbocada ancla, tomé su mano para que dirigiera la empresa de descargar mi ardiente chorro entre su carnosa cavidad. La tomó como experta marinera y la introdujo por la ruta de las suaves olas, que lamieron gustosas sus henchidos y ásperos bordes hasta que, rozando lo recóndito de sus límites, estuvo casi a punto de terminar en un fulminante estallido. Esto me brindó la oportunidad de saciarme opíparamente con toda su piel de melocotón, regodeándome entre sus pliegues hasta que mi ancla se clavó en la profundidad de su dulce océano. Transcurrió la noche y me sorprendió el día, envuelto por el meloso aroma que desató el incesante roce de cuerpos.

Quedamos perplejos ante el inusual y misterioso elemento feminíneo que nos atrajo, que desembocó orgasmos que jamás habíamos experimentado. Ya en el próximo encuentro, Rebeca me convenció y probé la reacción de mi piel ante el sedoso roce de las pantimedias, lo que provocó una exponencial excitación que deparó en una larga sección aeróbica en la que exudamos endorfinas hasta la fatiga. Poco a poco fuimos incorporando a nuestros juegos eróticos todo lo concerniente a estética femenina: vestidos, pelucas, tacones, maquillaje. Y, cada vez, la transmutación de placer se exacerbó.

La llegada de la primavera nos sorprendió dispuestos a sacar a pasear nuestros instintos fuera del habitual escondrijo. Aprovechando la complicidad de la noche, escalamos los barrotes del huerto de Calixto y Melibea. Comimos de sus frutos en la fría noche. Bajo la luna ausente —que le cedió el protagonismo a las estrellas— castigamos la antigua muralla de la ciudad, que tuvo que soportar los embates de nuestros cuerpos. Saciados y en reposo, ante la espectacular vista del río Tormes y el puente romano, la constelación de Lira nos roció con la magia de su polvo cósmico, y declaramos al universo como nuestra Celestina.

Pasó un año. Nada impidió que continuáramos experimentando y añadiendo fantasías a nuestras aventuras. Creíamos que lo habíamos probado todo, y se nos ocurrió poner un anuncio de contactos en la Internet para conocer otras parejas que compartían nuestra fantasía. La respuesta fue inmediata. Un matrimonio que nos aventajaba diez años estuvo dispuesto a viajar desde Barcelona hasta Salamanca para conocernos.

Nos citamos a medianoche bajo el reloj de la Plaza Mayor, punto de encuentro de furtivas citas salmantinas. Aguardamos por la pareja bajo los concurridos soportales, delante de la petrificada presencia de Unamuno y Cervantes, y de decenas de ilustres y monarcas que pendían en sus medallones, testigos de cuanto acontecía día y noche en la más deslumbrante de las plazas españolas. Entre la multitud, pudimos distinguirlos gracias a las fotos que habíamos intercambiado por la red, agarrados de las manos mientras se acercaban. Al presentarnos, surgió una extraña reacción que encendió la libido de todos, la cual nos fue imposible disimular. Cruzamos la plaza en dirección al Gran Hotel Don Gregorio, siguiendo las estrechas aceras de la calle San Pablo. Nos detuvimos a conversar en el bar del hotel durante media hora. Allí terminó de cuajarse la ansiada acción. Subimos a la habitación. El repertorio fetichista que llevábamos no hizo falta. Luego de la última copa de tinto emergió en la penumbra un pulpo de dieciséis tentáculos, que se retorció llevando la lujuria a sitios insospechados, y que provocó que las dos camas sirvieran de anclaje para revelar los secretos más recónditos que Rebeca y yo albergábamos. Nos dejamos seducir como dos cachorritos ante la experiencia que recorrió pausadamente cada poro de nuestros cuerpos.

Un fuerte abrazo me desconectó de Beca. Sentí vibrar toda mi epidermis ante las caricias encantadoras y los susurros de una voz varonil que reclamó hacerme suyo. Cedí a sus promesas de llevarme a experimentar el gozo absoluto; y manso, dejé que su ágil lengua recorriera toda mi espalda hasta que, abriendo mis pliegues, deleitó afanosamente las curiosidades de mi abertura, que comenzó a dilatarse ante la esperanzadora idea del interminable éxtasis de llegar cada vez más dentro de mí. Había conseguido abrirle la puerta a los múltiples gemidos que no pude callar. Hasta que, preparado el camino, me llevó por la senda sinfín del gusto de sentir muy adentro la fuerza de sus embestidas, que me bañaron luego con el jugo de sus entrañas cuando brotó unísono con el mío. Caímos al final todos rendidos de satisfacción. Fui el primero en abrir los ojos. Sutilmente, levanté mi cabeza, que descansaba plácida sobre el abultado pecho del corpulento hombre. Pretendí salir de allí de inmediato sin que la pareja lo notara. Me vestí y desperté a Rebeca, que intentó hacer lo mismo que yo sin éxito alguno, por lo enredada que amaneció con la mujer rubia. Nos tocó despedirnos de ella y, mintiéndole, prometimos que se repetiría.

El silencio nos acompañó en nuestro trayecto al punto de partida de la noche anterior. Entramos a la desolada Plaza del Corrillo. Fuimos los primeros clientes del bar El Reloj. Beca pidió lo de costumbre: un chocolate con churros. Y para mí: huevos fritos con patatas, panceta, café y zumo de naranja. Sin embargo, esa mañana, contrario a otras, un hedor a melancolía invadió el ambiente, que desplazó la contagiosa alegría que nos caracterizaba. Tras varios intentos, apenas alcancé a fijar mis ojos en los mares de Beca. Descubrí que su azul perdió el brillo que me había mantenido completamente atrapado desde el instante en que nos conocimos. Al dispersarse lentamente el humeante vapor de las tazas, fuimos capaces de distinguir que amanecieron dos seres marcados por el placer genuino al que estábamos predeterminados seguir. Hurgamos con perseverancia dentro de nuestras miradas buscando la chispa que había hecho arder nuestra pasión, pero, irremediablemente, escapó para siempre.

Escritor neoyorquino de parientes hispanos, autor de las novelas: *Contraband* y *Buzz and Israel* y la colección de poesía bilingüe *Meditations/ Meditaciones: Bronx/Salsa*. Es, además, editor y coordinador de eventos literarios y culturales. Coeditó la antología *From Macho to Mariposa: New Gay Latino Fiction* junto al escritor Charles Rice González.

charlie vázquez
(Nueva York, E.E. U.U.)

en la ciudad de los muertos[*]

charlie vázquez

La ciudad estaba silente y vestida en la más profunda oscuridad. Eran algunas horas tras la medianoche; el alba parecía estar a días de advenir. Anduve por las vías del sistema de tránsito público y abordé un tren hacia el continente.

Arribé —botando chispas, pero en silencio— tan pronto puse un pie en la plataforma. Recuerdo haberme sentado, pero no haber entrado. Estaba solo en el vagón y me di cuenta de que no había traído nada conmigo. No tenía nada —ni llaves ni cartera o pertenencias—. Ni quisiera traía menudo.

Me encontraba solo en una ciudad que se suponía tuviera millones de habitantes. La metrópolis oscura se veía por las ventanas rayadas sin mucha pompa, salvo por el esporádico destello sordo del tren. Los edificios oscuros se asomaban en la cercanía.

No estaba seguro de por qué me había montado en ese tren a tan tarde hora, pero sí sabía *hacia dónde* me dirigía y *a quién* te-

[*] Traducción por Eïrïc R. Durändal Stormcrow

nía que encontrar. Era solo *el porqué* lo que me eludía. No estaba seguro de qué día era; y cuando traté de recordar, no me llegó nada a la mente. El tren descendió en un túnel y el mundo se hizo aún más oscuro mientras corría a toda velocidad por el muerto y aplanado corazón de la ciudad.

Algunos momentos después, el tren ascendió a millas desde donde se había deslizado bajo la tierra. Ninguna de las estaciones que pasó tenía nombre. *¿Acaso el tren se detuvo mientras estaba yo allí, en sus entrañas, sin que me diera cuenta?*

Cuando se abrió para dejarme salir, vagué a lo largo de la plataforma y bajé hasta la calle, donde continué caminando guiado por mi instinto. Me encontré ante un panorama de ladrillos quebrados y grafiti.

Reconocí objetos cuyos nombres no podía recordar: páginas arrancadas de revistas pornográficas, botellas vacías, colchones quemados, botes de basura, carros y agujas. No me detuve a reflexionar sobre mi propia deficiencia en el lenguaje y continué caminando —aunque no podía sentir mis propios movimientos.

Me dirigí por donde más seguro creí; lo sabría cuando lo encontrase. A medida seguí —aún en el cansancio— la invisible y predestinada línea de mi camino. Llegué al destino de mi búsqueda. Lo que solo había visto en sueños se materializó frente a mí: un pequeño edificio de ladrillo de cinco pisos. Un mural con motivos de desierto adornaba la fachada entera: estructuras de piedra y palmas, explosiones de amarillo dorado, rojo magma y azul ultramarino. La puerta ejercía una doble función: entrar al edificio o entrar al templo en el mural. Entrar a uno era entrar a ambos.

Me enfoqué y entré por la puerta delantera, la cual, ordinariamente, debía estar cerrada. Mi asomo no hizo mella alguna. Las paredes parecían estar hechas de piedra pulida, de calidad arenosa. Las imponentes escalinatas del centro eran monumentos al silencio de la paz nocturna. Estaban envueltas en sueño. Cerré la pesada puerta de madera tras de mí y contemplé la altura de las escaleras. Mientras intentaba subirlas, un paso flotante a la vez, sentía la urgencia de regresar abajo, y así lo hice.

Doblé alrededor de la gran escalera en ruinas, por debajo, hasta que vi la puerta de vidrio opaco de un café o restaurante. Algo retumbó afuera en la calle. El edificio entero se estremeció. Escuché música, lo que significaba que alguien debió de haberla puesto.

¿Por qué no la había escuchado antes?

Alguien estaba allí, al otro lado de la puerta. Era música estridente de la calle, los sanguíneos y maníacos tambores del sexo, de las islas, salvo que las calles estaban muertas en la noche.

La música de los vivos no tiene lugar aquí, pensé.

Cuando abrí la puerta, la onda sonora se hizo huracán *in crescendo,* que abrumó mis tiernos oídos. Tuve que tomarme unos instantes en lo que me ajusté al ruido; pero al no ver a nadie, entré.

La habitación estaba pintada de blanco óseo, estaba limpia y alumbrada parcialmente. Doblando por una esquina a mi izquierda, vi una pequeña mesa con tope de cristal biselado, con dos sillas blancas diseñadas en celosías. En la pared opuesta había un pequeño mural: una aldea pesquera roja sobre el fondo verde de una isla vigilada por una diosa azul del mar que portaba una lanza dorada en la mano. Fuertes y musculosos pescadores arrastraban redes llenas de peces hasta los muelles. El Sol les sonreía. Los niños saltaban y los ancianos observaban desde los balcones.

La música se detuvo, como si del cielo hubiese caído una guillotina presta a cortarle la cabeza. La habitación se oscureció y toda luz se esfumó como agua que se disipa. Escuché a alguien caminando en el pasillo. Oí la puerta abrirse, la misma por la que había entrado. Yo no podía decir a ciencia cierta si había alguien parado allí o no —mis ojos trataban de ajustarse a la falta de luz—. *Puedo ver y escuchar.* Cuando me acerqué a averiguar, escuché a alguien detrás de mí, en donde había estado segundos atrás.

—Llegaste —dijo una voz áspera.

Mi cerebro simple luchó por entender la situación, y mi corazón anheló romper las ataduras de mi pecho con su trepidación. Una vez mi visión nocturna se estableció, vi la figura de un hombre enorme sentado a la mesa. La oscuridad entre nosotros me prohibía verlo claramente, pero su perfil alto y fuerte era suficientemente evidente. Soltó una sonora carcajada cuando traté de buscar la salida. Me encontraba atrapado allí con él.

—Qué hermoso día hace afuera —dijo—. Hermoso día.

El extraño comenzó a tararear una cautivadora melodía. Se quitó el sombrero de paja y se abanicó el rostro cinco o seis veces con el mismo y, finalmente, lo acomodó sobre su rodilla. Estaba sudado; pude ver algo de lustre en la oscuridad. Su sonrisa —lo poco que podía ver de ella— era de diablura fantasmagórica.

La ropa le quedaba ajustada, como segunda piel sobre el cuerpo musculoso —mahones ordinarios y una camiseta anaranjada—. Zapatos negros. Grandes cadenas de oro le pesaban alrededor del cuello con machetes, manos rezando y dedos señalando, así como diminutos collares hechos de cuentas de colores.

Estos detalles se fueron haciendo visibles a medida que los primeros trazos del alba entraron por una ventana encima de mi cabeza, que lo bañaba a él con luz tenue y enfocaba cada vez más su forma. Olía a sudor y a vainilla. Una nube de aromas misteriosos llegaron con él, los olores percibidos con el sentido primitivo de la nariz.

Mi cabeza se llenó de estos olores. Mi nariz recién despertada y encendida por el profundo almizcle y las flores que me rodeaban. Las notas amargas se volvieron dulces, de fuerte a ligero y viceversa. Los olores más dulces se hicieron avasallante dulzura más allá de toda palabra.

Los olores me sedaron y comencé a nadar placenteramente en el mar de mi impotencia. Extendí el brazo hacia él y mi invitación lo hizo levantarse de súbito. Se acercó rápidamente —demasiado rápido— para dejarse ver, su astucia a tres pasos delante de él.

Cuando se acercó, me di cuenta de que era negro —muy negro— y sus ojos eran distintos: uno era marrón como su piel, mientras que el otro era de un azul ahumado, cubierto por una fina capa de leche grisácea. Sorprendido por la velocidad con la que se me acercó, retrocedí varios pasos y él se sentó nuevamente en la silla. Se movió en un abrir y cerrar de ojos.

Con una mirada penetrante y persistente me dijo: «Veo que no eres fácil de impresionar». Deslizó una mano por debajo de la camiseta para rascarse el pecho. El rastrilleo amplificó la fortaleza de sus músculos macizos. Luego se agarró las manos bien arriba de la cabeza, curvó el torso hacia atrás y restrilló todos los huesos del cuerpo como el sonido de un palito que se desliza sobre las teclas de un xilófono óseo.

Se recostó de brazos cruzados y admitió: «Nunca somos lo que ustedes esperan. Pero permíteme convencerte. Sé que has venido de muy lejos, y que estás confundido. Eso es lo que pensaste cuando me viste por primera vez. Tan solo unos segundos atrás creíste que no sabías qué pensar de todo esto. Reacción natural. Y ahora te preguntas por qué estás tan paranoico, porque tú no eres así. Y como te decía, pensaste en escapar otra vez y te diste cuenta de que no puedes».

Debería disculparme, pensé.

Cruzó las piernas y encendió un cigarrillo. Detrás de una rejilla de humo que eclipsaba su rostro, añadió: «De acuerdo, te diré mi nombre. Es Jesús. ¡Con la excepción de que esta vez he venido a pedirte perdón yo a *ti!*». Con una amplia sonrisa que le partió el rostro en dos, tiró los brazos al aire y gritó: «Te prometo que no lo vuelvo a hacer. ¡Perdóname, *papi!*». Reveló dientes de plata y oro toda vez que se rió tan duro y terrible, y pensé que comenzaría a toser hasta morir.

Pero la muerte no tenía poder alguno sobre este hombre sin edad.

Su risa contagiosa inundó el espacio sin posibilidad de amainarse; sus piernas torcidas en el piso y el humo saliendo a borbotones por nariz y boca: rizos y lazos azules. Tiró sus manos hacia mí como diciendo: *no te apures, olvídalo.*

Pude oler su sudor almizclado en el aire. Sin aviso, se quedó en divino silencio. Durante esta torpe e inesperada quietud, pude escuchar los primeros indicios de un próximo ataque; mientras más trató de controlar la risa, más momento ganó. Sus espasmos de hiena estallaron otra vez por fracciones de minutos hasta que, nuevamente, el silencio le sobrevino como la caída de una cortina.

Enfoqué toda mi atención en él y pensé: *No estoy seguro de qué esperaba, pero definitivamente usted me debe la cortesía del respeto.*

Mi pensamiento fue otra vez motivo de risa salvaje para este extraño. Echó la cabeza hacia atrás y los dientes le brillaron como monedas en cofre de piratas. La boca rosada abrió sus fauces como la de un tigre. Sus fosas nasales se humedecieron y sus ojos inmortales —ojos que habían visto el esplendor y los horrores del pasado— se empaparon de regocijo.

A medida que se los secaba con un pañuelo rojo y blanco, me miraba fijamente a los ojos. Me gritó: «¡Eso lo he escuchado antes!». Agarró una maleta que había pasado desapercibida bajo mi escrutinio nervioso y lo seguí hasta el pasillo, pintado por los trazos de azul pálido del alba.

Señalando con el dedo al techo, mi jovial anfitrión declaró: «Las impresiones no son confiables, resultan tan azarosas como todo lo demás. He conocido gente en quienes he querido inmediatamente depositar mi confianza, para luego descubrir que son tramposos, ladrones y faltos de compasión. Y mucha gente que, de buenas a primeras, me han causado disgusto, y a quienes he terminado santificando en un pedestal».

Entramos a una habitación de piedra labrada: piso, paredes, techo en bóveda. Mi anfitrión encendió unos cirios y los acomodó en el piso a nuestro alrededor. Recordé un edificio en el que estuve una vez.

Sonriendo, me dijo: «Qué extraño que te acuerdes de eso. Es por esa razón que es tan maravilloso comenzar desde cero». Posó sus fragantes manos sobre mi cabeza y masajeó. Cada miembro y superficie de mi cuerpo pasó por sus manos hasta mis pies con un rápido movimiento. La sensación regresó a mis dedos, a mis piernas. Pude sentir la gravedad tirar de mis huesos, y la sensación del piso de piedra con las suelas de mis pies. Mis dedos se sintieron entre sí y me sobrevino el frío. La habitación había estado fría, pero no lo había sentido hasta entonces.

Puso las manos sobre mis hombros y me acorraló contra la pared. «Ya casi terminamos». Regresó a su maleta; la abrió y sacó pequeñas botellas de vidrio llenas de un líquido oscuro. «Debería sentarte bien el almizcle de león», dijo mientras se acercaba. Empapó las palmas de sus manos con ríos de aceite oscuro y las frotó.

Presionando las palmas sobre mi frente, dijo: «Te devuelvo el poder del pensamiento y la sabiduría eterna». Habiendo dicho esto, mis ojos se llenaron de una luz intermitente y mi mente joven se inundó del conocimiento y la poesía universales. Mi cabeza se atiborró de extrañas imágenes de vidas distintas. *¿Eran mías o solo eran fragmentos de una conciencia aglomerada?*

Vi mujeres exóticas de tierras polvorientas bañándose en el río, hombres cazando ballenas en altamar, jóvenes de piel oscura en la jungla —prestos a traspasar con lanzas a criaturas parecidas a jabalíes—, aulas llenas de niños ansiosos por aprender, niñas en formación de ballet, viejos frágiles muriendo cerca de ventanas cundidas de nieve.

Una mujer borracha durmiendo en una calle adoquinada. Feroces criaturas de las profundidades del océano. Hombres desnudos de alguna tribu posando para una cámara. Superficies rocosas de planetas desolados. El tráfico pesado de los tiempos modernos. Las imágenes se descarrilaron sin fin: esfinges y satélites, automóviles y cometas. Visiones de cosas que no entendí se desenrollaron desde adentro de mí con un confuso hilo narrativo. Gente que no conocía. Colores para los que no tenía nombre. Figuras con formas simples y definidas que evadían la más simple descripción.

«Verás que soy capaz de cosas muy maravillosas. Ahora te devuelvo el poder de sentir». Frotó más aceite en sus manos y las colocó sobre mi pecho. Caí por un cielo de emociones sin caudal. Mi piel se erizó con oleadas de miedo y terror. Mi corazón se llenó del dolor universal de las edades y mi cabeza se sintió ligera de tanta exaltación. Sentí la pesadumbre del amor perdido y el resplandor del amor consumado, ambos a la misma vez.

Confusión, éxtasis, rabia, anhelo, adoración, desprecio y remordimiento... Todos me sacudieron. Se me salieron las lágrimas de los ojos, la saliva y espuma de mis labios, la fuerza escapó de mis rodillas y mis orificios sudaron la peste del miedo. El orín corrió pierna abajo. Mi pecho se relajó con alivio y mis brazos sintieron el vacío de la soledad cruel, la cual mi anfitrión se acercaba para llenar. Me di cuenta de que estaba desnudo y él también.

¿Había llevado puesta ropa alguna?

Alargó la mano hacia el suelo, levantó un gallo silente por el cuello y lo sostuvo sobre mi cabeza. Vi cómo se le tensaron los músculos de los brazos, pecho y hombros, y comprendí que le había torcido el pescuezo al ave. Una sensación de calor me bañó rostro abajo para aglomerarse en mis pies. Me rodeó con los brazos; sus hombros encima de los míos, el aroma almizclado de alguna bestia.

Colocó los labios sobre los míos y sopló aire adentro y a través de mí. Esto hizo que las velas se conflagraran, pues las llamas crecieron hasta tres veces su tamaño normal. Me di cuenta de que estaba parado en el centro de una iglesia abandonada y medio destruida. Las ventanas góticas palidecían en el brillo. Secciones enteras de piedra faltaban en las amplias bóvedas del techo. Tosí de vuelta a la vida en sus brazos y mi corazón comenzó a latir de nuevo.

Me abrazó y suspiró: «Ahora te doy el poder de rendirme tributo para siempre y siempre».

Sus manos aceitosas resbalaron alrededor de la última parte de mí que volvió a la vida. Mientras él rugía como animal hambriento, sus labios se prendaron de los míos y me devolvieron el sentido del gusto. Sus manos continuaron deslizándose por mí, asegurándose de que mi nuevo cuerpo estuviese equipado para proveerle eterno placer a mi alma. Rugiendo desde el núcleo del nuevo hogar de mi ánima, coloqué mis labios sobre su piel, caí de rodillas y murmuré: «Oh, Dios mío».

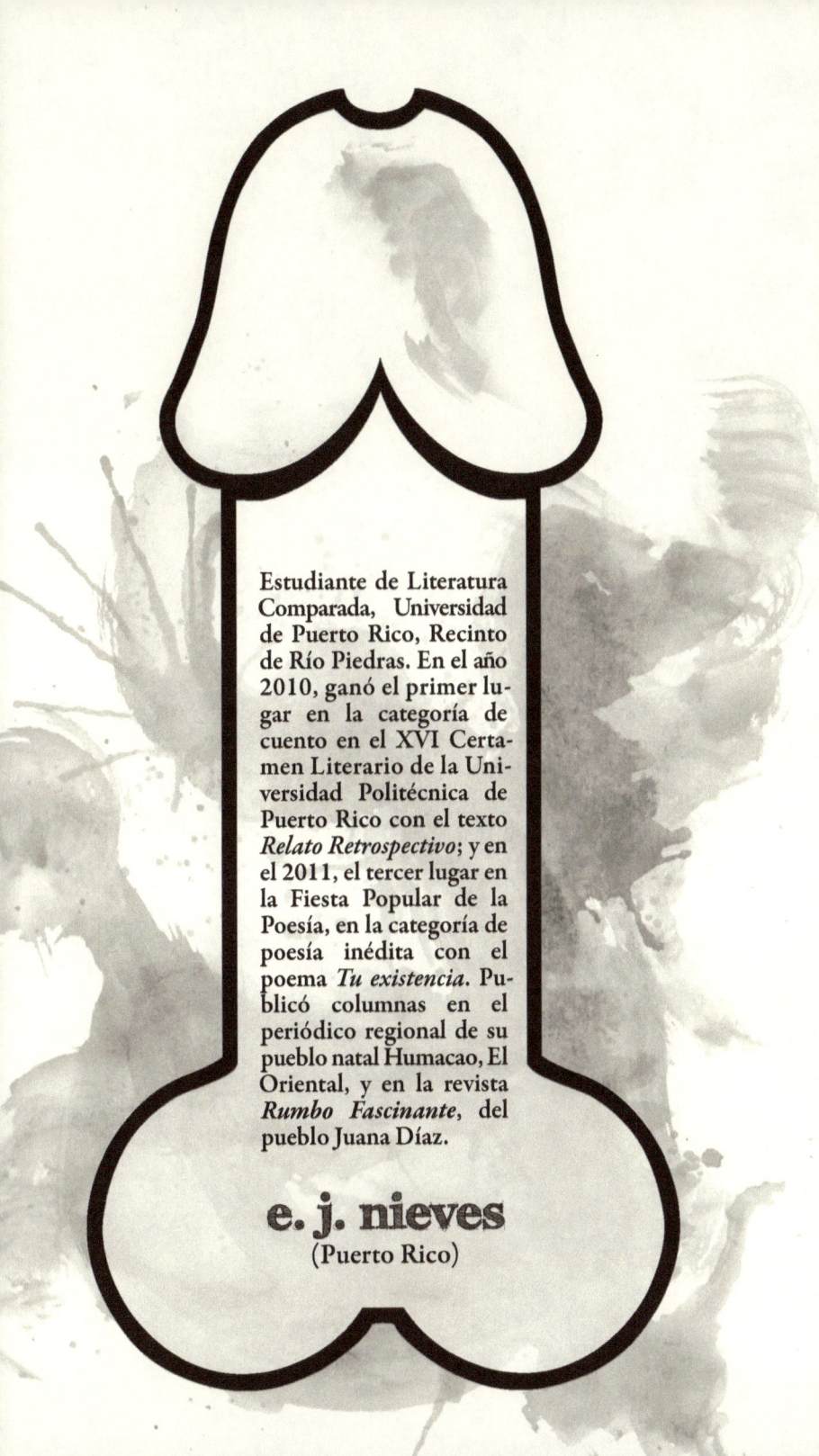

Estudiante de Literatura Comparada, Universidad de Puerto Rico, Recinto de Río Piedras. En el año 2010, ganó el primer lugar en la categoría de cuento en el XVI Certamen Literario de la Universidad Politécnica de Puerto Rico con el texto *Relato Retrospectivo*; y en el 2011, el tercer lugar en la Fiesta Popular de la Poesía, en la categoría de poesía inédita con el poema *Tu existencia*. Publicó columnas en el periódico regional de su pueblo natal Humacao, El Oriental, y en la revista *Rumbo Fascinante*, del pueblo Juana Díaz.

e. j. nieves
(Puerto Rico)

donde caben dos caben tres

e. j. nieves

Abre la puerta y se me lanza encima como leona que caza a su presa. Parece un monstruo; no de fea, porque de eso nada tiene. El deseo le decora el rostro; sus ojos hablan por sí solos y sus labios se arraigan sin recelo a los míos. Sin mirar, me desviste. Camisa afuera. En la oscuridad, encuentra el camino al cuarto. ¡Es que se sabe la ruta de memoria! El deseo de la excitación se hace más augurante. Su boca muerde mis labios. Yo suelto algún quejido de dolor placentero. ¿Por qué será que el sexo es el dolor que más se goza? Placer. Gemidos. Labios rojos. Violáceos. ¡Adentro! ¡Afuera! ¡Se grita! ¡Se llora!

En este punto, me lanza a la cama. ¡Fua! Caigo como balón que asesta en el aro. Y sin perder el tiempo, se encuentra encima de mí. Uñas. Arañazos. Besos. Mordidas. Tetillas... Zíper abajo. No hay tiempo que perder. ¡Manos a la obra, que el tiempo es oro!

Besos de nuevo. ¡Grito excitante! Lengua que cruza mi pecho. Entonces me vuelve erecto. Ella lo siente, le gusta y sonríe. Encuentra el punto débil. El punto clave. El punto estratégico. Cualquier otro punto. Sin sorna comienza a moverse sobre el erecto. Lo disfruta. Sus ojos se vuelven blancos. Nuevamente, lo disfruta. Otra vez y una vez más. Se inclina sobre mí, quizás para sentirlo con un poco más de presión. ¡Sí, la cabeza! Y comienza a jugar con mis pezones. ¡Punto débil! Ahí quedo. Mmmmm... Sonrío. Muerde, sí, ella. Juega. Otra vez ella. Su lengua fría, mojada. Sí, su lengua. Con la punta de la lengua, solo eso. Serpiente mortífera. Veneno. Mordida. Profunda y superficial. Juego infernal. Se detiene. Me mira fijamente a los ojos por primera vez y me pregunta cómo me siento. ¡¿Qué cómo me siento?! Excelente. Excitado. Caliente. Deseoso. «¡Qué importa! No pares y sigue», contesto o, quizás, le grito (no sé cuál de las dos). Me sonríe y continúa.

Pantalones abajo. Lo mira. Sí, al erguido. Sonríe. Una vez más. Se relame. Pasa la lengua por sus labios de forma provocativa. Y me da un bioco. Me toca, pero se detiene. Se quita la blusa. No lleva sostén; esto ella ya lo había planificado. Quedan al aire, indefensos, redondos u ovalados, ¡qué importa! Se mueven cuando ella se mueve y se restriegan por mi cara. Sí, se encuentra inclinada sobre mí. Al rato, ya no lleva ropa. Está desnuda. Como en el Jardín del Edén. Adán y Eva. El fruto prohibido.

No hay más preámbulo. Ha jugado con su presa el tiempo suficiente (hecho totalmente irrelevante decir que la víctima soy yo). Ya está cansada de jugar y tiene hambre. El rugido en el estómago de la leona se escucha en el aire. Su presa se encuentra frente a sus ojos. Abre las fauces —enormes, gigantescas, cavernosas— y comienza a comer. ¡Muerde! ¡Arranca! ¡Mastica! ¡Traga! Y se repite el ciclo múltiples veces. Sigue jugando con mi pecho. El tieso la espera abajo, espera sus fauces. No hay que esperar más y ataca así sin más. El que con fuego juega... Si por carne maúllas aquí está la tuya. Abre. Cierra. Chupa. Absorbe. Saborea. Sudor... Carne... Siento su lengua jugando.

Se activa mi memoria y me transporto. Palabras escuchadas mucho tiempo atrás se hacen reflejo del momento. El sexo no es solo el encuentro de dos cuerpos, sino el encuentro de todas las personas con las que tú y la otra han experimentado. ¡*Flash*! Ya no estoy con ella. Sí, aún juega con el alfiler encorvado; como si fuera un juguete, se entretiene, pero mi mente se transporta...

Allí está él, tan radiante, impecable, carnal, instigador del pecado. Se me acerca, nos besamos sin más anuncio. Nos encontramos en la cama donde ahora me encuentro o me encontraba. ¿Qué parte es más real? Le sonrío, no con la sonrisa habitual, sino con la que lo invito a acercarse. Él me entiende. Nos desnudamos. Besos. Lengua. Boca. Lo típico. Me muerde el lóbulo y yo le acaricio el pecho. Le lamo el pecho. Chupo sus pezones lentamente, cuidadosamente, paulatinamente. Me mira, lo miro, nos miramos. ¡Pícaro! ¡Atrevido! ¡Hermoso! Sus ojos azules... Verdes... ¿Grisáceos? Mezcla de todos. ¡Qué más da! Nos besamos de nuevo. ¡Salvaje! Compartimos nuestras salivas. Su lengua entra en mi boca, la mía en la suya... Jugamos. Más besos.

No más formalidad. Mano a la obra, que no hay más tiempo que perder. ¡El tiempo es oro! De nuevo, mi pene es víctima, no de la leona furiosa, sino del león atrevido. Pero ya lo lleva adentro; juega, lo toca y lo acaricia. Gemido. ¡Mmmm, sí, mío! Placer. Le aguanto la cabeza para que siga con el juego, y casi se atraganta y lo saca. Me mira como diciendo: «Cógelo con calma», y sin más continúa. Con una mano lo aprieta mientras su lengua juguetea con la cabeza.

Placer doble: él y ella. Ambos. Los tres. Vuelvo, el recuerdo queda atrás. Se detiene de súbito. Me mira y pregunta: «¿En qué piensas?». Abro los ojos, que tenía cerrados, y la miro. Mirada de dos filos. Cuchillas que cortan: «En nada», le digo. «Sigue», añado, y se lo meto en la boca para que siga atragantándose.

¡Flash! De nuevo. Estoy con él. Continúa gagueando quejidos. Y yo, para hacerlo gozar un poco más, lo toco también. Se lo agarro, lo aguanto en mi mano. Lo comienzo a frotar. Arriba, abajo, arriba, abajo. Aumento la velocidad y luego disminuyo. Le acaricio el saco que le cuelga y él para. Aún lo tiene adentro. Trata de mirarme para sonreír con mi miembro dentro de la boca. Punto débil. Punto estratégico. Punto clave. Y así continúa el bembé; él con la boca, yo con la mano.

Y regreso una vez más... Ella se cansa de chupar. La paleta pierde sabor. El interior de su boca está lacerado. Ya no quiere sentirse dentro de mí, quiere sentirme dentro de ella. Así comienza otro juego. Penetración. Expansión. Humedad. Brincos. *¡Brincos!* ¡Más brincos! Yo acostado y dentro de ella. Brincos leves encima de mi vientre; se inclina sobre mi pecho y las sensaciones cambian. Deseo... Excitación ¡Gemidos! ¡Más gemidos! Más de ella que míos.

¡Flash! El juego bucal y manual acaba. Ahora deseamos experimentar otros lugares. ¿Quién quiere primero? Decidimos. Yo primero. Él se arrodilla en la cama. Lo miro. Está preparado y, poco a poco —procurando no causarle dolor, aunque en el sexo el dolor cuenta— entro en él. ¡Ahhh! Dolor... Alivio. Adentro y afuera. Adentro y afuera. Él lo disfruta y yo lo disfruto. Le acaricio la espalda. Él comienza a tocarse. Autodescubrimiento placentero. Adentro. Afuera. Arriba. Abajo. Dos patrones diferentes que causan placer por igual.

Regreso. Estoy dentro de ella y dentro de él. Sus senos se mueven. Extiendo mis manos y los toco. Acaricio. Sobo. Palpo. Y ahora comparo sus sacos. Redondos ambos. Éxtasis. Elipsis final. Culminación. Sus brincos van disminuyendo. ¡Orgasmo! A la vuelta de la esquina. ¡No! La esquina ya la pasó. ¡Está ahí! Aún viene. Y... ¡Puff! Escupo. Explosión. Emano. Salpico.

¡Flash! Se repite el patrón; yo dentro de él y él con la mano.

Elipsis. Explosión consecutiva. Y los tres caemos rendidos en la cama.

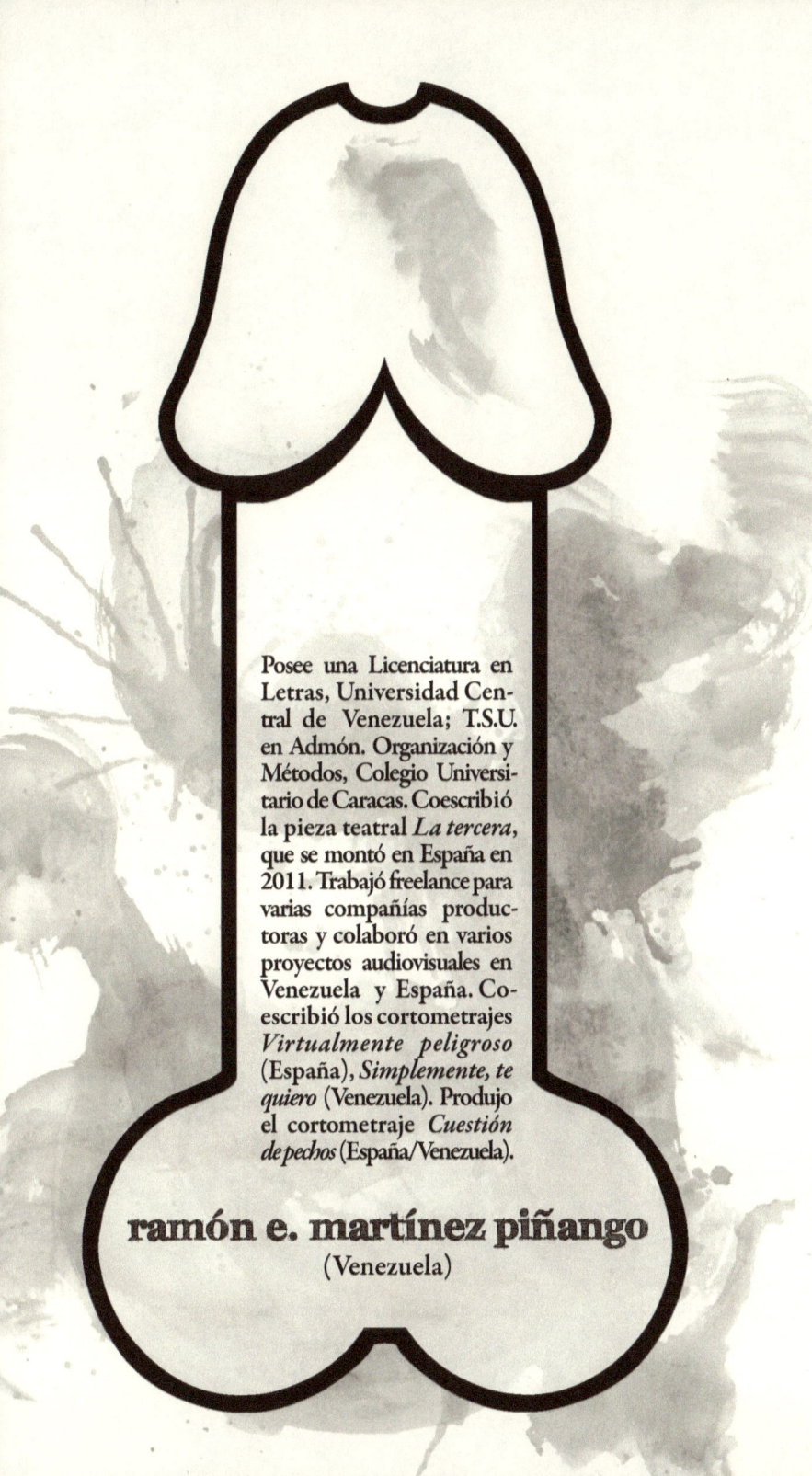

Posee una Licenciatura en Letras, Universidad Central de Venezuela; T.S.U. en Admón. Organización y Métodos, Colegio Universitario de Caracas. Coescribió la pieza teatral *La tercera*, que se montó en España en 2011. Trabajó freelance para varias compañías productoras y colaboró en varios proyectos audiovisuales en Venezuela y España. Coescribió los cortometrajes *Virtualmente peligroso* (España), *Simplemente, te quiero* (Venezuela). Produjo el cortometraje *Cuestión de pechos* (España/Venezuela).

ramón e. martínez piñango
(Venezuela)

elián

ramón e. martínez piñango

Yo iba muy tranquilo y silencioso por la calle rumbo a casa y, sin saberlo, hacia él... Solo me dejaba acompañar y acariciar por la brisa de los últimos días del verano. Caminaba callado mientras en la otra calle, muy cerca del *parking* de la playa, varios gatos correteaban y maullaban peleándose entre la quietud y el silencio de la noche.

Seguí caminando hacia casa, pero cuando miré el portal y advertí la presencia de Elián, me sorprendí. El brillo de su mirada radiante y relajada se impuso en la penumbra de la noche. Al percibir su mirada, me atrapó de inmediato. Estaba estático, mirándome desde la entrada del portal. Transmitía tranquilidad, serenidad. Su cara reflejaba una gran sonrisa. Eso parecía. Su presencia allí me llenó de alegría.

Elián siempre ha sido esquivo conmigo. Nunca me ha dejado estar muy cerca de él, pese a mis grandes esfuerzos por agradarlo y merecerme sus sutiles caricias. Y, ¿por qué no decirlo?, alguno que otro mimo suyo, como los que da a sus amigas del barrio. Incluso Joseba —todos lo saben, aunque nadie lo dice— es un favorecido de siempre con las caricias de Elián. Mi Yola también; alguna vez la he sorprendido queriendo acercársele, coqueteándole. Salvo que mi Yola me es completamente fiel a mí. En cambio, Elián no se me acerca, nunca se ha dejado consentir por mí.

Al parecer, obtener mis caricias y mis mimos —por breves que sean— no lo trasnocha. Seguramente, habrá oído algún comentario malo sobre mí y por ello me evita cuando me le acerco; ya sea en presencia de Joseba, de Yola u otras personas. A lo sumo, frente a ellos me trata cordialmente, pero con distancia. Y si soy yo quien se cruza en su camino, mira de reojo y me evita. Quizás, porque yo no soy su tipo. Siempre ha pasado de mí.

Elián tiene la fortuna de que muchas lo siguen y otras tantas pierden el sueño por él. Así que mis deseos por sentir sus caricias, o mi necesidad de darle cariño, ni le va ni le viene. Total, le sobran caricias que recibir y otros por quien dejarse acariciar, incluso a quien a amar.

Pero esa noche, lo realmente cierto fue que Elián estaba allí en mi portal, esperándome. Yo no lo podía creer. Una secreta satisfacción me embargaba. Así que para corroborar que su espera era por mí, miré a ambos lados de la calle. No había nadie más. Ninguna de sus «chicas habituales» salía de las casas vecinas. Ninguna «chica en plan nocturno» cruzaba la calle buscándolo. Ninguna le hacía señas o lo llamaba desde algún mirador. Todo estaba en calma. Ni siquiera un coche atravesaba la vía a esa hora. Nadie más que yo caminaba a esas horas por allí. Solo estábamos él y yo.

Aquello me estaba ocurriendo a mí. Así que volví a mirarlo, como quien camina por la calle y, de repente, se sorprende al encontrar un viejo conocido esperando para saludar. Mantuve la mirada y sonreí de forma abierta y directa, proporcional a la alegría que su presencia en el portal me regalaba. Mi sonrisa le mostraba todo el regocijo que me daba encontrarlo allí a aquella hora. Quería ver su respuesta al ver mi emoción. Quería tener la certeza de que era por mí que estaba allí.

Al advertir él que había ganado mi atención, y como si hubiese leído mi pensamiento en ese instante, comenzó a andar hacia mí.

Caminó pausado y tranquilo, propio de felinos que se sienten seguros de que la presa no le se les va a escapar.

Elián se movió derrochando seducción, muy seguro de cada paso y sin dejar de mirarme. Cada avance suyo me derretía.

Yo no podía creer que Elián me estuviese esperando, que saliese a mi encuentro, como en un pasado lo hizo también Shanny, cuando yo compartía mi vida junto a la de ella allá en Venezuela.

Cabía entonces preguntarme: «¿Quiere él iniciar una relación afectiva conmigo o solo soy un pasatiempo por esta noche? O, simplemente, ¿se encuentra necesitado de compañía y afecto? ¿Ninguna de esa legión de chicas que deliran por su piel y su pelo rubio está disponible? ¿Como sabe que yo me muero por él, y que lamo el suelo que pisa? ¿Conoce él mi necesidad de afecto y, por eso, decidió ser indulgente, complaciente? ¿Me dejará sentirlo entre mis brazos, tenerlo pegado a mi cuerpo mientras oigo el latido de su corazón? ¿O supuso que yo podía hacerle un espacio a cambio de compañía y caricias? Algo así como si yo solicitara sexo a cualquier hombre, de esos que se anuncian en los clasificados eróticos; salvo que a él yo no le pagaría en metálico, sino que lo dejaría venir a mí de vez en cuando para que se divirtiera y desestresase de los enredos con las mujeres del barrio. No sé si estaba yo para ser el enésimo plato de un fulano que hasta era capaz de subirse a un tejado para recibir los favores de alguna chica que, ansiosa de su furia sexual, lo llamaría y, enseguida, él se expondría con tal de complacerla.

Yo solo no pude responder a tantas y cruciales interrogantes. Necesitaba que él me diese señales concretas; así que, lo seguí mirando mientras acortaba los pasos que nos separaban.

Elián, dándose puesto, detuvo su ritmo y me miró casi diciéndome: *«Apúrate que me canso de esperarte y me voy con la primera que me canta un bolero esta noche».*

Al llegar a su lado, me detuve. El deseo no me permitió dar un paso más. Lo miré detalladamente. Me derretí entero a sus pies. Lo seguí mirando. En tanto él esperaba sereno, como diciéndome: *«Estás a un paso de conseguirme».*

Nada parecía perturbarlo. En cambio, yo sucumbí ante su quietud. Lucía fuerte, el cuerpo fibroso, musculoso. Tan cercano. La mirada trasmitía dulzura. Tan seguros y seductores sus ojazos verdes y rayados. Tan viril, tan macho. No pude evitar tocarlo. Le acaricié la cara, la frente, las mejillas, los ojos, el descuidado bigote.

Era lo que él esperaba, que fuera yo el primero en iniciar el juego. El primero en mostrar la necesidad. El primero en declarar deseo; para que así pudiese él, en un futuro —si es que lo de esta noche llegaba a trascender— que dijera luego que fui yo quien siempre lo buscó, lo acosó y mostró interés.

Debo reconocer que las primeras caricias se las hice con inseguridad y timidez. No sabía como iba a reaccionar ante mi ansiedad. Pensé que me rechazaría como a tantas chicas (quizás, también algún chico, y como me ha hecho a mí ya tantas veces). Pero se dejo tocar...

Yo no lo pude creer. Me dejó llevar su cara y su cabeza al ritmo que impuso mi mano.

Luego recorrí buena parte de su cuerpo. Recorrido que agradeció besándome suavemente la mano. Elián me estaba acariciado en mi portal.

Luego de mis primeras caricias y sus besos, mi seguridad apareció. Mi deseo fue más intenso y acaricié su espalda, sus brazos, su pecho. Tenía la necesidad desesperada de apretarlo contra mi pecho, de sentirlo pegado a mí, piel con piel. Y él lo sabía. Porque se dejó hacer y disfrutó, tanto o más que yo, de los arrumacos.

Él mantuvo los ojos cerrados.

Aquella entrega la tomé como un sí. Él aceptaba mis caricias, dispuesto por entero a mis caprichos y pasiones. Entonces lo abracé sin reserva. Sentí su calor invadirme, su olor tan propio se quedó en mi piel. Su respiración era tan agitada como la mía. Lo apreté de gusto y él se quedó inmóvil entre mis brazos por varios instantes hasta que sintió la necesidad de corresponder.

Me besó, me acarició. Se entregó a la pasión del momento, al juego que nuestros cuerpos iniciaron. Al tenerlo así, entregado por entero, no sentí que el acto fuese condescendencia. El deseo era genuino.

Mi excitación ganó terreno en la medida que él correspondió. Eufórico, me rasguñó con sus caricias. Los pelos del bigote y la cara me produjeron escalofríos cuando me rozó el pecho. No me importó sentir tal rudeza si era producto de la pasión que ambos sentíamos en ese infinito momento de locura animal.

Todo fue en silencio. Yo no me atreví a hablar. No quise romper el encanto de caricias con mi voz. Él tampoco susurró nada. Ni siquiera uno de sus quejidos tan característicos cuando estaba feliz. La oscuridad fue cómplice. Así, cobijados bajo la penumbra, el silencio y la complicidad, Elián y yo nos prodigamos caricias.

Elián y yo nos conocíamos desde hacía un tiempo, justo cuando yo llegué a vivir aquí con Yola. A los pocos días apareció él en mi vida y en la de todos. Siempre fue inquieto y siempre emanó belleza y virilidad animal.

No sé cuanto tiempo pasamos en el portal. Solo sé que la noche conspiró para que nos diéramos amor.

Lo cierto es que cuando ya estábamos bien saciados uno del otro, volví a lo terrenal. El frío comenzó a abrazar. Alcé la vista hacia el mirador de mi casa y una realidad dolorosa golpeó mis pupilas. Allí en la ventana, aunque apenas se podía ver, estaba Yola. De seguro había visto lo ocurrido. Nervioso, solo atiné a separarme de Elián. Él, en silencio, corrió por el jardín hasta perderse en la oscuridad.

A mí solo me restó entrar en la casa. Caminé hacia la puerta. Busqué las llaves y oí los pasos de Yola bajar la escalera. Pensé en Elián.

La felicidad me embargaba. No podía creer que había estado con Elián en mi portal, abrazados y jugando a ser cómplices con tantas caricias.

Al abrir la puerta, Yola estaba esperándome en silencio. Entré y pensé acercármele como siempre, pero me contuve. La ignoré y corrí al baño para estar solo con mi recuerdo y el remanente de lo vivido. Pensé en darme una ducha, ya estando en el baño. Me negué a borrar el olor que había penetrado mi piel.

Al salir del baño, fui directo a la habitación. No quería molestar a Yola. Ya en la habitación, ella estaba allí; se movía incomoda en la cama. No encendí la luz para no perturbarla. Me desnudé en silencio y me metí a la cama. La cabeza me dio vueltas. Aún me parecía sentir en el pecho el calor, los roces, las uñas de...

Un ruido en el tejado del vecino me sacó del recuerdo. Me levanté y fui a la ventana. Escuché los gatos corretear sobre el tejado y quise ver cuáles eran. Recordé la canción que Joseba solía cantarle a los gatos cuando les daba leche con un gotero. Una canción larga de la que apenas recordaba una estrofa:

... Al olor de las sardinas
el gato ha resucitado,
marramiau, miau, miau, miau,
el gato ha resucitado...

Yola se levantó y se acercó a curiosear por la ventana. Estaba muy pegada a mí y aproveché y dejé caer mi mano sobre su cabeza para acariciarla. Ella me miró y movió su cola con gran alegría. Yo le sonreí y, sin dejar de consentirla, miré al techo vecino. Alcancé a ver a Elián correteando con los demás gatos.

Posee un Bachillerato en Turismo y una Maestría en Administración de Organizaciones Sin Fines de Lucro, Universidad del Sagrado Corazón Puerto Rico. En 1985, fue premiado con la Medalla Pórtico de Liderazgo de la USC. Trabaja, actualmente, en el área de desarrollo organizacional y programático, como miembro de una organización con base comunitaria. Algunos de sus trabajos literarios se publicaron en el blog del Colectivo Literario HomoerÓtica.

peter m. shepard-rivas
(Puerto Rico)

feitiço (magia)

peter m. shepard-rivas

> *En todo encuentro erótico hay un personaje*
> *invisible y siempre activo: la imaginación.*
>
> **Octavio Paz**

Allí estábamos, sentados uno frente al otro. Dos personas que sus caminos nunca se habían cruzado. Dos desconocidos en la multitud de la Placita de Santurce que, pidiendo cervezas, cruzaron miradas lujuriosas. Fue como si nos reconociéramos sin entenderlo. Comencé a concebir en el pecho la sensación de miedo mezclada con curiosidad. Recogí mi cerveza, tiré los tres billetes sobre la barra y, escapando, salí a la acera donde el calor de la noche atacó mis sentidos y evidenció la extraña sensación experimentada.

Sintiéndome a salvo, miré por todos lados buscando un lugar seguro donde acomodarme a novelerear durante un rato. Antes de dar el primer paso, sentí una mano en el hombro.

—Perdona, ¿nos conocemos? —escuché decir.

Giré y allí estaban los ojos color de café que hacía unos segundos se acababan de grabar en los míos.

—No creo, pero pareciera —le dije con ganas de reírme.

Y así, sin más, empezamos a conversar. Prendió un cigarro mientras hablábamos de lo que la gente habla cuando hacen conversación ligera: ¿Cómo te llamas? ¿De dónde eres? ¿Qué estudias?

—¿Y qué te gusta hacer? Digo... ¿en qué trabajas? —me dijo pícaramente.

Comenzaron las invitaciones de cerveza y continuamos hablando pendejases. Debí de haber dicho algo gracioso porque soltó una carcajada con una bocanada de humo hacia mi cara que me hizo sentir cosquillas en las bolas. Y ese fue el momento en que me embellaquié con él. Los minutos siguieron pasando entre anécdotas. Me habló de sus gustos sobre marcas de cerveza y yo le conté sobre los gratos recuerdos del olor a cigarro y pipa que me traían imágenes de masculinidades, y de mi padre cuando se reunía con sus amigos. Bebimos más y seguimos conversando hasta que sentí ganas de orinar. Las filas del baño estaban imposibles en los negocios cercanos, pero él conocía la escondida esquina perfecta para esos *business*. Me acomodé a hacer lo mío mientras esperaba.

—¿Con cuántas cervezas te entra lo de mear? —preguntó soltando una carcajada ya algo familiar en mi oído—. A mí ya me entró —anunció abriéndose la cremallera.

Sentí su hombro pegado al mío en aquel espacio tan pequeño, y el humo del cigarro inundó mi olfato. Inhalando profundamente volví a sentir otro cosquilleo en las bolas y comenzó a parárseme.

—Wow, que chorro más fuerte tienes —comentó chequeándome con el rabo del ojo.

Sacudimos y cerramos nuestras cremalleras. Traspasamos el umbral particular que cruzan dos hombres al compartir una gran meada hombro con hombro y examinarse sus equipos. Luego de comprar las próximas cervezas, la conversación se volvió íntima. Me contó de su bisexualidad. Que no le gustaban mucho las barras de ambiente y que prefería lugares como la Placita para cazar *straights* borrachos, bellacos y curiosos dispuestos a probar cosas distintas.

—¿Eres *gay?* —me cuestionó mientras prendí de nuevo el tabaco apagado.

Contesté con un movimiento de cabeza y, llevándome la botella a la boca, le conté intimidades. Como en el juego de *quid pro quo,* él me contó las suyas. Exploramos aventuras pasadas, confesamos fantasías e hicimos un pacto que cumpliríamos esa noche.

><><>

Y aquí estamos, sentados uno frente al otro, en mi cuarto de juegos sexuales. Mientras tomo un sorbo de cerveza, escucho el chasquido de la guillotina cuando corta la perilla del cigarro. Mientras realizas el ritual de encenderlo, tu cuerpo generoso —cubierto solo por el blanquísimo calzoncillo que contrasta con tu piel canela y que enmarca tu jugoso paquete— se ve más excitante. El complemento erótico de ambos, hombre y tabaco, hace de este momento casi una ceremonia religiosa. Vas rotando el cigarro hasta que se forma la brasa. Te aseguras de prender toda la circunferencia. Mientras tanto, mi miembro empalmado se enciende de sensaciones. Juego con mi vello púbico mientras te observo dar bocanadas, y me hipnotizo con el humo, que se contorsiona según el capricho de su ánimo, a veces espiral, a veces línea recta.

—¿No me vas a hacer nada? —me preguntas.

—Cámbiate de posición, así de medio lado y fuma —te digo.

En mi mente sé que te elegí como se escoge una vitola que requiere más tiempo para ser fumada. Mientras exhalas, el humo se agita llenando la tiniebla del cuarto de su naturaleza y su olor. Veo como disfrutas llevándotelo a la boca, y el placer inexplicable que te produce cuando toca tus labios. Aspiras ligeras bocanadas y siento como se refleja en mi respiración entrecortada. Me acerco y los aspiro; tú con esencia de sexo, el puro con olor a macho. Mientas revuelco mi cara en los pelos de tu pecho, de un tirón te rasgo el calzoncillo y así, desnudo, continúo explorándote con la mirada.

—Fuma. Exhala —te pido.

Veo como con cada inhalación la punta se pone roja. A ti se te ilumina la cara de macho salvaje y yo me estremezco de pies a cabeza.

—Estoy loco porque me tomes —dices—. Quiero sentir tus manos sobre mi piel, acariciándome. Ven, apriétame las tetillas.

Mientras deslizo mi lengua por tu deliciosa axila, recogiendo gotas de sudor, te degusto como un cigarro. Saber catar a un hombre, igual que degustar un puro, es básico para disfrutar plenamente sus características. Estudio tus ojos y veo en ellos la desesperación de la lujuria, que pretende acelerar el deleite de este momento.

—Coloca las piernas sobre los brazos de la butaca —te pido—. Así, espatárrate, que quiero ver como se abren tus nalgas. Ahora fuma. Exhala.

Mientras rozo con la punta de mi legua tu caliente orificio, las cortas bocanadas que soplas provocan que el esfínter se contraiga y pille mi lengua, casi rogando más. El humo que se escurre de tus labios se mezcla con el área que saboreo y permite que mi lengua registre sabores dulces, salados y amargos. Te aspiro todo de un cantazo. Sentir todas estas sensaciones va embellaqueando mi piel. Me paro frente a ti y espadeo con mí firme falo las ligeras formas de la bocanada que exhalas, penetrando imaginablemente el cuerpo sin substancia del humo. Casi estallo, pero me aguanto.

—Estoy loco por que termines, papi —me suplicas egoístamente.

No te complazco, quiero disfrutarlos a los dos un rato más. Te ordeno que te pongas en cuclillas en el piso. Entonces me acomodo entre tus piernas y veo la maravillosa vista panorámica de tus glúteos, tu escroto. Te entusiasma la posición y acomodas tus nalgas en mi cara.

—No —te digo con firmeza—, solo fuma y exhala en mi dirección.

El humo, como consecuencia de mi orden, comienza a descender por tu pecho. Arropa tu firme pinga y jugosas bolas. Acaricia tu rosado ano. Y con un beso los pruebo a los dos. Me estremezco y de nuevo me contengo.

—Pa, ¿cuándo me vas a complacer a mí? —me preguntas ya desesperado—. Ya lo deseo.

Con la mano abierta te doy una nalgada que deja el canto rojo. Te pido un poco de paciencia. Comienzo a cambiarte de posición, te voy torciendo con la misma devoción que se enrollan las hojas de tabaco hasta convertirlas en un magnifico cigarro. Finalmente, te acomodo de rodillas; la cara pegada al piso. Destapo una cerveza y tomo un sorbo largo mientras observo cómo, en esa posición, el surco de tu delicioso culo se abre como terreno arado listo para el cultivo. Te quito el tabaco y lo inserto en tus apetecibles labios anales lubricados por cerveza y saliva.

—Fuma —te ordeno.

Con un trinque de tus glúteos veo como la débil combustión generada enciende tímidamente la punta del tabaco.

—De nuevo... Usa el diafragma.

Cumples mis órdenes y comienzas a dominar el arte de fumar por el culo. Sigo disfrutándote y terminando mi cerveza. Degustar un macho o un puro es algo político y subjetivo. Es importante saber qué hacer para apreciarlos como se merecen. Remuevo el tabaco y saboreo tu ya abierto y viscoso hueco. El sabor a tabaco vinagrillo asalta mis papilas, y mis testículos se quejan de la espera. Te agarro por el pelo y te monto en el *sling* de cuero. Te obligo a fumar el tabaco, ahora con sabor a ti.

—¡Fuma! —te ordeno.

El humo nos arropa con más fuerza, se apodera de la totalidad del cuarto. Me coloco cerca de tu cara para sentir el calor de la mecha junto a mis bolas y, enloquecido por la bellaquera, me masturbo tan rápido que duele. Acerco mi pene a tus labios y te pido que exhales dentro de mi prepucio para que el humo me acaricie el glande con su calor natural. Y eyaculo acompañado de un grito sostenido, y supuro mi semen mezclado con saliva y nicotina. Tan pronto se normaliza mi respiración, reclamas que finalmente te cumpla. Mirándote a los ojos, sostengo mi aún firme pene. Con el disparo del primer chorro de lluvia dorada apago lo que queda del puro. Así, con el último contoneo del humo le doy muerte a mi fetichismo y le doy vida al tuyo.

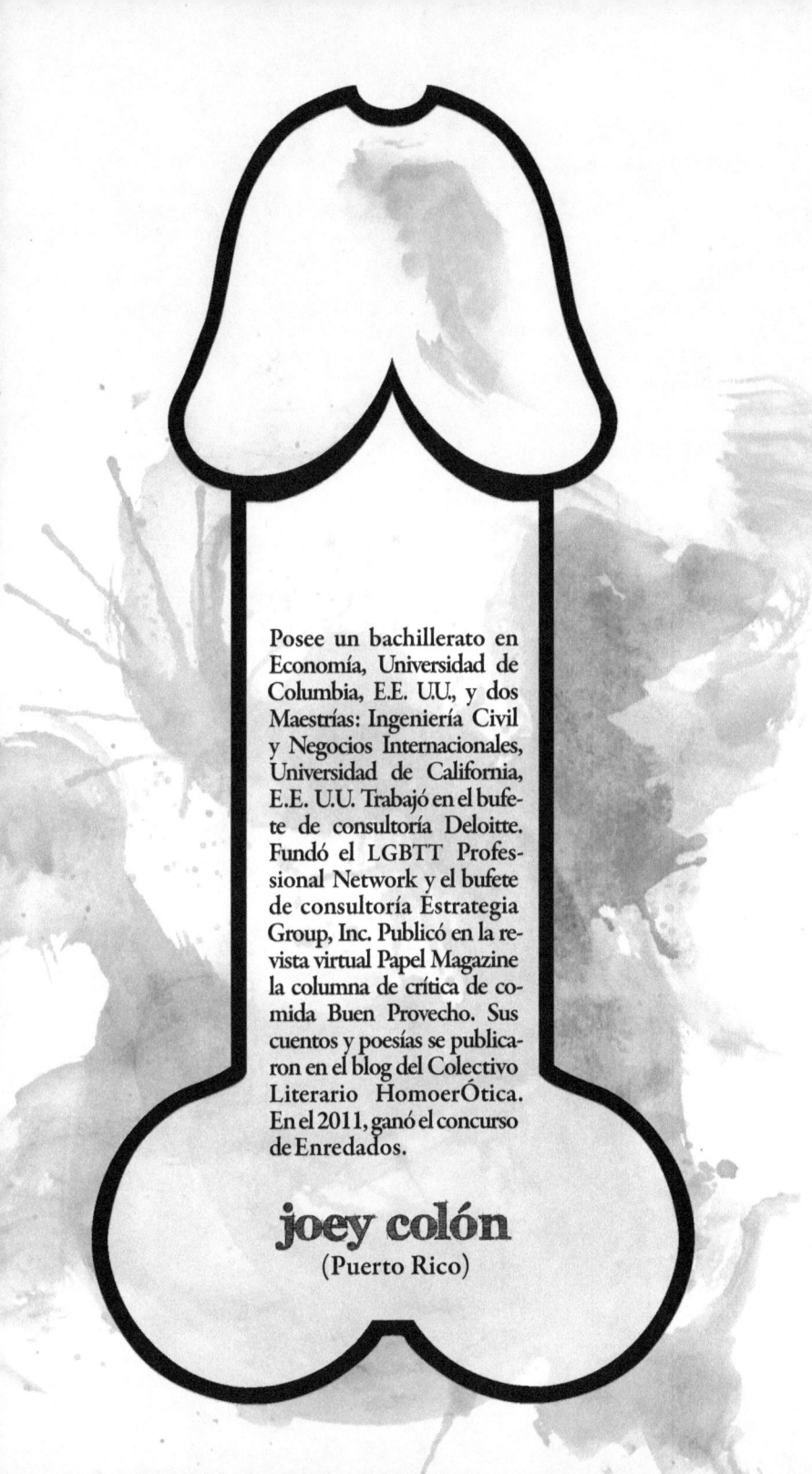

Posee un bachillerato en Economía, Universidad de Columbia, E.E. U.U., y dos Maestrías: Ingeniería Civil y Negocios Internacionales, Universidad de California, E.E. U.U. Trabajó en el bufete de consultoría Deloitte. Fundó el LGBTT Professional Network y el bufete de consultoría Estrategia Group, Inc. Publicó en la revista virtual Papel Magazine la columna de crítica de comida Buen Provecho. Sus cuentos y poesías se publicaron en el blog del Colectivo Literario HomoerÓtica. En el 2011, ganó el concurso de Enredados.

joey colón
(Puerto Rico)

la pesquisa del Webmaster

joey colón

La nieve viste de blanco la ciudad. El sol se despide temprano y la oscuridad acecha. Son las cinco de la noche, pero se siente como una noche más en la gran ciudad. Él corre del trabajo a su casa en el momento de la hora *rush* y luego de la locura del día. Cansado pero excitado, solo quiere llegar y comenzar la pesquisa. Se pregunta si hoy será su día de suerte, si la pesquisa terminará hoy. Sube las escaleras del edificio Brownstone del sigo 17. El frío lo está matando. Finalmente entra al apartamento. Activa la *laptop*. Comienza a cocinar la cena. Se desnuda, presto a pasar largas horas frente a la máquina. *Laptop*, cámara, luces, lubricantes, *dildos, poppers, jockstrap* de cuero, arnés para el pecho... Todo yace sobre la cama. Necesita terminar rápido los quehaceres de la casa, está determinado a encontrar en la Red su fantasía. Espera ser elegido por el *Webmaster*. Solo sucedió una vez, aunque apenas por diez míseros minutos. Ahora, sin embargo, tiene un plan. Se asegurará de ganar la pesquisa.

Termina los quehaceres del hogar y luego cena. Se mete en la cama y se viste el *jockstrap* de cuero. Enciende la cámara *web*, la prueba. Encuentra la posición perfecta. Simula penetración con el *dildo*. Posa para la cámara varios ángulos eróticos y consigue el perfecto. Le parece sexy. ¿Le parecerá igual al *Webmaster?*

Activa la Internet. Le trepida el corazón. Accede al sitio *web* favorito: www.gaycam.com y busca si alguna otra opción puede satisfacerlo. Pérdida de tiempo. El *Webmaster* es el que es... El que quiere. Busca y busca, pero no logra encontrar al hombre. Sucumbe en sueños mojados. Quiere al emperador de sus masturbaciones.

Cinco horas de búsqueda. El *Webmaster* no aparece. Apaga la cámara *web* y la computadora. Antes de acostarse, se masturba pensando en el *Webmaster*.

Otro largo día de trabajo.

Llega al apartamento. Inicia de nuevo el ritual. *Jockstrap, laptop,* cámara, www.gaycam.com. Cuatro horas de búsqueda y ve entrar al *Webmaster*. El corazón se le sacude. Piensa y repiensa. Veinte mensajes distintos antes de escoger. Veinte minutos. La frustración se apodera de su cerebro. El *Webmaster* lo ignora. Otros veinte minutos transcurren y le envía un mensaje instantáneo con foto en la que aparece desnudo. El culo abierto. No hay respuesta. Rabia, frustración. Amenaza de que otro gane el juego. Envía otra foto mejor. Penetración total con un *dildo*. El *Webmaster* contesta:

«Bonita foto».

«¿Podemos jugar?».

«Puñeta, ¡sí!».

«Déjame crear un chat privado».

Tras crearlo, cuando regresa a la búsqueda regular, el *Webmaster* se marcha.

Un frío mensaje aparece en la pantalla:

«WEBMASTER SE HA RETIRADO».

Grita de coraje.

Ignora la computadora por una semana. Tras la desilusión, decide no perder tiempo en alguien que no es real. *Soy un completo anormal,* piensa.

El fin de semana lo pasa con amigos. Cena, barra y discoteca. Se refugia en la música. Escapa. Baila como una diosa. Poco a poco, su cerebro comienza a superar obstáculos. Los pensamientos regresan como sombras en la noche. Piensa en el hombre de sus sueños. El hombre de sus deseos y pasiones. El *Webmaster* es el ganador de su lujuria. Lo desea como a nadie más. Regresa a su casa. Saca todos los juguetes eróticos, la computadora, la cámara *web*. Es la noche del sábado y opta por algo más picante. El *jockstrap* de cuero con arnés. *Wow, parezco un jovencito. Es posible que no le guste al Webmaster.*

El *Webmaster* está presente y disponible.

Escribe un rápido: «Hola, macho. ¿Me quieres comer el culo?». El *Webmaster* no responde. Dos mensajes adicionales: «¿Qué te pasa? ¿Tienes miedo de perder el control? ¿Estás listo para un verdadero reto?». Tras el tercer mensaje, el *Webmaster* responde: «Hola, niño. ¿Quieres ser mío?». Salta de excitación y escribe: «Sí».

Prepara un *chat* privado. Abre la pantalla. El *Webmaster* está desnudo, visible su erección. Lleva puesto su *daddy hat.* También tiene gafas de motociclista. El pecho velludo y musculoso se le ve mejor que nunca. Los pezones como ojos de cangrejo. Las piernas de roca tallada descansan sobre una silla de cuero. Parece un gladiador listo para la batalla.

Dios, gracias, piensa. *Esto es demasiado para mí.*

El *Webmaster* escribe: «¿Tienes micrófono? ¿Para que no tengamos que usar las manos?».

¡Diablos! ¡No tengo micrófono!, piensa. Recupera la compostura y le escribe: «No tengo micrófono, pero puedo hacer maravillas con mis dos manos».

La voz del *Webmaster* retumba a través de la computadora como el eco de una bestia:

WEBMASTER: Voy a hacer una excepción contigo, niño. Voy a hablar y tú vas a escuchar. Me vas a obedecer. ¿Te quedó claro?

Escribe: «Sí».

WEBMASTER: Quiero besarte los labios fuertemente.

Escribe: «Puedo sentir tu barba alrededor de mis labios».

WEBMASTER: Quiero lamerte ese pecho tuyo y morderte fuertemente los pezones con mis dientes.

Escribe: «Me estás provocando».

WEBMASTER: Quiero esa pinga gorda en mi boca.

Escribe: «¡mmmmmmmmmmmmmmm!».

WEBMASTER: ¡Date vuelta! Métete un dedo en ese culo. Quiero chingártelo. Quiero comértelo bien duro.

Escribe: «Cógelo. Es tuyo. Tómame y métemela bien duro».

WEBMASTER: Te voy a clavar y dar nalgadas. Dame ese culo sudado y apestoso. ¡Dámelo, niño!

Escribe: «¡Ay, puñeta, me vengo! ¡Me estoy viniendo!».

WEBMASTER: No te vengas hasta que te diga.

Se viene como una fuente de lujuria. Aúlla como lobo. Cuando regresa del trance orgásmico, se percata de que el *Webmaster* lo está mirando seriamente.

WEBMASTER: Te dije que no te vinieras. Por favor, aprende a jugar este juego. Y por favor, cómprate un cabrón micrófono.

De repente, la pantalla muestra:

«**WEBMASTER HA SALIDO**».

El rey desaparece en las sombras de la noche.

Se siente como un completo idiota. Se limpia. «¡Creo que lo he perdido!», se dice así mismo. Cinco de la madrugada; el sol pronto saldrá de nuevo.

La noche siguiente vuelve a la computadora. Tras dos horas en la página *web*, encuentra al *Webmaster*. *¿Debería escribirle?* Diez minutos después, le escribe: «Hola, macho. ¿Quieres jugar de nuevo?». No hay respuesta. Le envía una foto de su rostro sonriente y un mensaje adjunto: «Pruébame». ¡Sin respuesta! Se llena de rabia. Apaga la computadora.

La noche siguiente, entra a la página web. No puede luchar contra el deseo; lo controla, lo ciega. Lo encuentra una vez más y le escribe: «Vamos, quiero ser tu niño». Veinte minutos en vano. Escribe otra vez: «Te necesito tanto que no tienes idea». El *Webmaster* responde: «Hola, niño. Déjame ver ese culo». La excitación lo asalta, pero entiende que debe mantener la compostura y tratar de cautivarlo con sutileza. Prepara rápidamente el *chat* privado. Cuando regresa, encuentra el ya tan familiar mensaje en la pantalla: «WEBMASTER HA SALIDO». Siente una puñalada en el pecho. Está cansado de la pesquisa. Se da por vencido. Apaga la computadora y regresa a sus sueños solitarios. Tras una semana de rechazo, ingresa a www.gaycam.com. Aparece el *Webmaster.* Se lanza hacia el abismo negro de la desesperación; no puede evitarlo. Escribe: «TE NECESITO TANTO QUE NO TIENES IDEA. ¡SÉ MÍO, POR FAVOR!».

Publicista, escritor y activista pro derechos humanos. Posee un Bachillerato y una Maestría en Comunicación Pública de la Universidad de Puerto Rico, Recinto de Río Piedras. Trabajó con Nuestro Teatro y Teatro del 60. Escribió y codirigió varios documentales para televisión. Trabajó en la radio como moderador de un programa con temática en torno al VIH/SIDA. Moderó la primera temporada del programa radioweb retorxid@s de la emisora bonitaradio.net. Algunos de sus cuentos se publicaron en el blog del Colectivo Literario HomoerÓtica.

radamés vega
(Puerto Rico)

las hijas de lot según el marqués de sade
radamés vega

Ambas caminaban deprisa para llegar hasta su hogar; iban en silencio sin mirar a nadie. En sus brazos llevaban sendos cántaros llenos de agua fresca para la cena y para el baño diario de Lot. El camino polvoriento se hacía interminable y el calor distorsionaba la visión, como si gases perpetuos salieran de la tierra. A lo lejos, las tiendas del padre, que llegaban hasta las puertas de la ciudad, mostraban poco movimiento, y los animales buscaban la sombra desesperadamente.

Los habitantes de la ciudad miraban con extrañeza a las jóvenes extranjeras, que no se comunicaban ni siquiera con los vecinos más cercanos. Había mucha suspicacia con estos forasteros ricos que no se mezclaban con la gente, excepto cuando tenían que vender sus mercaderías o la carne de cordero.

Era media tarde y los rituales religiosos en los templos comenzarían pronto. Las hijas de Lot sabían lo que allí ocurría porque lo habían visto semanas antes de su último día en Sodoma. Luego de entregar telas y frutos a una de las familias sodomitas en una parte de la ciudad que nunca habían visitado, escucharon gemidos y gritos de placer desde uno de los centros religiosos. La curiosidad las llevó hasta una de las entradas laterales, desde donde fueron testigos de los más perversos ritos en los que se mezclaban extraños contactos físicos inimaginables para ambas jóvenes.

Tres mujeres: una mayor, otra de mediana edad y una adolescente estaban acostadas sobre piedras. Alrededor, varios pebeteros iluminaban sus cuerpos. En otra parte del templo, el mismo arreglo, salvo que con tres hombres. Los sacerdotes —uno a uno y, a veces, de dos en dos— colocaban en los labios de los entregados al sacrificio sus falos erguidos. Los tres hombres y las tres mujeres no se movían, solo abrían las bocas para que las erecciones penetraran hasta las gargantas. Uno de los sacrificados se arqueaba continuamente por el tamaño del miembro del sacerdote principal, que expulsó salvajemente la simiente sobre su cara.

Las hijas de Lot estaban extasiadas ante algo que jamás habían visto. Las tres mujeres del sacrificio, aparte de recibir los falos en las bocas, eran penetradas por el ano y la vagina, indistintamente. Los observadores del culto, en medio de cánticos a sus dioses, hacían fila para comer una especie de pan sin levadura bañado en la reciente eyaculación del sacerdote mayor. A los que entraban en trance, se les señalaba para ser escogidos como los prostitutos que tendrían el honor de ser sacrificados en un futuro culto. Mientras, los preparaban con inmensos falos de piedra que llenaron luego el recinto de gritos de dolor y placer, de placer y dolor. Midrash y Aggadah, hijas de Lot, que aún no conocían «hombre», se sintieron mareadas, exaltadas y con un deseo inusitado de tocarse. Comenzaron a darse consuelo, una acariciando los brazos de la otra. Súbitamente, los vestidos rozaron sus pieles con una leve brisa que provocó un flujo entre las piernas. Los pezones duros hicieron contacto y las lenguas se encontraron por un segundo. Un fuerte lamento las devolvió a la realidad y salieron corriendo sin que nadie supiera que estuvieron allí.

Las jóvenes no volvieron a acercarse a los templos, aunque ya conocían el rito. Durante las semanas siguientes no hablaron del asunto; así que, cuando escucharon los gemidos que salían de los centros de culto, continuaron su camino. Calladas, sentían una mezcla de asco, envidia y excitación. Imaginaban a sus otras dos hermanas —ya desposadas— siendo penetradas por sus maridos y recibiendo la simiente en las bocas, vaginas y pechos. En la soledad, y cada una de ellas aparte, pedía perdón a Yavé mientras se masturbaban y se enterraban en la vagina un cayado de pastor.

El último día en Sodoma transcurrió con normalidad. A veces, sus miradas se encontraban y hablaban sin mover los labios. Ya la perversidad se había convertido en su segunda piel. Se dieron cuenta de que pensaban lo mismo cuando su madre Edith les pidió que llevaran el agua a su padre que estaba a punto de asearse. Midrash y Aggadah pensaban que su padre era viejo, pero no... Todo lo contrario. Era un hombre fornido, de piernas y pecho fuertes y un pene descomunal. Ambas lo bañaron y sintieron que una erección estaba a punto de desatarse. Lot, avergonzado, pidió que se retiraran; y ellas, sin hablar, salieron del aposento. Cada una con su cayado de pastor, cada una con los dedos queriendo hacer estallar sus clítoris.

La noche vino fría. Lot, para proteger a sus bestias, las acomodó unas pegadas a las otras. Algunos pastores de su clan lo ayudaron con rapidez, ya que deseaban retirarse a descansar. Una vez solo, llegaron los visitantes inesperados. La amabilidad de Lot se desbordó con los extranjeros, a los que ofreció techo y comida. Lot sabía lo que ello podía significar en una ciudad que había sufrido guerras contra reinos vecinos, escaramuzas e intentos de conquista por los enemigos. Fue lo más sigiloso posible, pero los sodomitas que aún estaban en las calles comentaban entre sí sobre estos forasteros angelicales que otro forastero se atrevía, sin permiso de los habitantes de Sodoma, a recibir en su casa.

Las hijas de Lot se deslumbraron ante tanta belleza, pero de manera sumisa se retiraron mientras los visitantes comían y bebían. El llamado insistente en la puerta de la casa hizo sospechar a Lot lo que en realidad ocurriría. Todos los hombres de la ciudad, incluyendo los niños, exigieron que se les entregara a los huéspedes recién llegados. Por unas rendijas que daban a la calle, Midrash y Aggadah reconocieron al sacerdote mayor que vieron en el templo, junto a un séquito de prostitutos sagrados. Todos tenían erecciones, y se tocaban unos a los otros mientras el resto de los que llegaron hasta el hogar de Lot interpretaban cánticos. Lot, sin pensarlo, determinó entregar a sus hijas. Al escuchar estas expresiones, las jóvenes se asustaron y también se excitaron. Sin embargo, la multitud rechazó la propuesta e insistió en los extranjeros.

En cuestión de segundos, comenzaron a forcejear, y Lot pidió que le dieran un momento para hablar con los tres hombres angelicales. Al cerrar la puerta, el tiempo se detuvo. Los tres visitantes informaron a Lot y a su familia sobre la destrucción de Sodoma; tendrían que huir y no mirar atrás. La familia recogió lo que pudo. Ya a punto de salir, los ángeles llamaron aparte a Lot y le dijeron que él y los suyos podían llegar a la ciudad de Zoar, ya que esta no sería destruida. Edith, mientras, le insistía a sus otras dos hijas y respectivos esposos que huyeran también, pero ellos decidieron quedarse, lo que provocó una profunda angustia a la mujer de Lot.

Estando en las afueras de Sodoma, el olor a azufre —producto del cataclismo— era sofocante; tuvieron que detenerse para respirar y consolar a Edith. Con una mirada que jamás habían percibido de su padre, Lot posó los ojos sobre sus dos hijas, y se dio cuenta de lo hermosas que eran. Entonces le pidió a su mujer que mirara hacia atrás a ver si sus otras dos hijas que habían decidido quedarse con sus esposos en Sodoma se habían arrepentido de su decisión. De inmediato, una pila de sal quedó en el espacio ocupado por la mujer de Lot. No hubo tiempo para reaccionar; la alternativa era continuar el camino y alejarse lo más posible del lugar. En vez de ir a Zoar, Lot llevó a sus hijas al lugar que le parecía más seguro: una cueva. En el refugio, ninguno lamentó la pérdida del resto de la familia. Lot no lloró a Edith ni al resto de sus hijas. Midrash y Aggadah tampoco lo hicieron.

Lot, pues aprovechó para decirle a sus hijas sobrevivientes que la ira de Yavé fue tanta que había destruido todas las ciudades del mundo. Los tres, entre lamentos, hicieron sus oraciones pidiendo clemencia y, para consolarse, comenzaron a beber del vino que pudieron traer de Sodoma. El padre permitió que las hijas se embriagaran y les pidió que lo asearan. Ambas lo complacieron. Un día lo aseó Midrash, otro día Aggadah. Fue así que las mujeres conocieron varón y, gracias a sus actos, dieron origen al pueblo de los moabitas y a toda una perversa humanidad. Amén.

Publicó en revistas y portales cibernéticos y en las antologías: *Cuentos de oficio*, editada por Mayra Santos-Febres; *Nueva poesía hispanoamericana*, por Leo Zelada; *EM: Edición mínima*, por El sótano 00931 Editores; *Los rostros de la hidra*, por Julio César Pol; *Open Mic/Micrófono abierto*; *Hostos Review vol. 2*; *Los otros cuerpos: antología de tema gay, lésbica y queer desde Puerto Rico y su diáspora*, por Luis Negrón, Moisés Agosto Rosario y Eïric R. Durändal; y *From Macho to Mariposa*, por Charlie Vázquez y Charles Rice-González. Publicó dos poemarios: *Bestiario en nomenclatura binomial*, y *Empírea o la Saga de la Nueva ciudad*.

eïric r. durändal stormcrow
(Puerto Rico)

el *oneronauta* *

eïïic r. durändal stormcrow

Siempre que la atacaban los nervios, mi madre hacía lo mismo. Recuerdo una noche cuando yo tenía cinco años. Dormido, soñé con balazos. En mi sueño, unos individuos dentro de un auto irrumpieron en la comunidad y comenzaron a disparar contra la casa del frente con ametralladoras. Algo en las rutas inertes de las balas hizo que rebotaran y entraran en mi cuarto. Vi aterrorizado cómo los colibríes de metal invadieron mi alcoba y destrozaron libros y paredes de madera, levantando polvo y astillas. Recuerdo haberme preguntado por qué nadie vino a rescatarme. Deseé luego que nadie lo hubiera hecho porque seguramente habría muerto en el intento.

Desperté sudado y con sobresalto. Corrí hasta el cuarto de mis padres. Cuando crucé el pasillo, escuché unos gemidos. Me asomé por la puerta entreabierta. La luz me bañó con un nuevo sudor repentino de partículas de color ámbar. Mi madre se acariciaba los senos con las manos mientras mi padre le introducía el miembro erecto por la entrepierna. Descubrí en ese entonces que los miembros pueden ponerse duros y erectos. El pene de mi padre tenía una vena enorme que le palpitaba. Gemían ambos. Temí por mi madre. Pensé que le hacía daño.

—Métemelo. Dale, Frank, métemelo. Duro. ¡Con fuerza! Hazme un hijo.

Temí por mi padre. Mi madre lo arañó varias veces en el pecho y él gritó, pero siguió empujando hacia el cuerpo de mi madre cada vez con más fuerza.

Observé aquello entendiendo poco a poco la escena. Mi padre gritó, se agarró el miembro y lo sacudió botando una espuma blanca y regándola en la entrepierna de mi madre.

—¡No hagas eso! ¡Yo quiero un bebé!

—No. Con uno basta —sentenció mi padre, secándose el sudor de la frente.

Era bien sencillo. Mi padre le metía el miembro duro a mi madre por la entrepierna. En vez de echarle la espuma afuera, se la echaba adentro y mi madre tendría un bebé. Mi madre parecía gozarse el acto porque le pedía a mi padre que se lo metiera más rápido. Supuse que así era que se embarazaban las mujeres. Y me dio vergüenza. Ya nunca más vería, en el Salón del Reino, a las hermanas embarazadas o con niños de la misma manera. Ni a los hermanos casados tampoco. Ya sabía lo que hacían en sus habitaciones.

Regresé silenciosamente a mi cama, tratando de seguir entendiendo aquello. Me quedaban algunas dudas. Yo sabía, por ejemplo, que si me abría una herida en cualquier parte del cuerpo y trataba de meterme el dedo en esa herida, me iba a doler. Ya lo había intentado cuando me operaron de apendicitis. Así que, ¿cómo era que mi madre aguantaba ese dolor? La otra duda era ¿cómo el miembro se le ponía duro a mi padre? No entendía eso. El mío era una cosa pequeña, flácida, mientras que el miembro de mi padre era gigantesco y se ponía de pie a la menor provocación. Me quedé dormido en mi intento por entender.

Varias cosas sucedieron esa semana. La maestra de salón-hogar faltó y una maestra sustituta la reemplazó. Tenía el vientre sumamente hinchado. Cuando se presentó ante el grupo, levanté mi mano.

—Srta. Kissinger, ¿está usted embarazada?

La maestra me miró extrañada.

—Sí. ¿Por qué preguntas?

—¿Usted es casada?

—No, exactamente. ¿Por qué preguntas?

—¿Le dolió mucho?

La Srta. Kissinger me miró bien mal. Con el ceño fruncido parecía analizar los quarks de mis átomos. Sus ojos iban desde mí hasta mis compañeros y de vuelta a mí. Sentí mis orejas rojas y calientes. Pero ejercí presión.

—¿Le dolió cuando se lo metieron? ¿Se sobó los senos? ¿Le gritó que se lo metiera más duro? ¿Así es como se hacen los bebés? ¿Se lo disfrutó?

La maestra comenzó a llorar. Yo no entendía por qué ella lloraba. En mi imaginación, ella se había disfrutado hacer el bebé. La maestra llamó al Orientador. El Orientador llamó a mis padres. Mi madre me cruzó la cara a bofetadas frente a toda la clase. Mi padre se disculpó con la maestra, pero ella nunca regresó. Me llevaron a casa. Mi padre, como castigo, me privó de almuerzo y cena ese día. Mi padre agarró una correa y me propinó golpes, gritándome cosas que yo no entendía. Lloré. Grité que, por favor, no me diera más. Y más duros fueron los golpes, hasta que me abrió la piel y vio sangre. Entonces se sentó en mi cama a hablar conmigo.

—¿Por qué le hiciste esas preguntas a la maestra? ¿De dónde sacaste tú todo eso?

Le conté todo. Que la noche anterior me había sobresaltado por una pesadilla y había buscado el consuelo de mis padres, y que los había visto haciendo «aquello».

—A ti alguien te tuvo que haber dicho algo. No me convences. Vas a estar castigado hasta que digas la verdad.

Mi madre me castigó por una semana. No podía jugar con mis vecinos ni comer dulces. La comida sería sobria para mí. Y veinte minutos al día, durante una semana, tendría que estar arrodillado encima de granos de arroz hasta que dijera la verdad. Pero yo solo repetía lo mismo.

Al cabo de una semana, mi madre me preguntó nuevamente y le describí, con lujo de detalles, lo que había visto aquella noche.

Lo que ella misma le había dicho a mi padre. Se lo dije para ver si lloraba cómo había llorado la Srta. Kissinger. Y lo hizo. Lloró muy sufrida. Descubrí que la curiosidad inocente es el arma más poderosa contra los débiles.

Mi madre me ignoró durante el resto de esa semana. Entonó cánticos frenéticos cada vez que yo cruzaba su metro y medio de zona X. Y siempre hizo lo mismo cuando se veía amenazada por mí.

Se acercaba el invierno, y en las casas de mi comunidad los irlandeses decoraban con luces y guirnaldas de muérdago blanco y rojo, mientras los puertorriqueños decoraban con luces y cualquier otra cosa que pudieran encontrar. En casa —en el medio de las dos culturas, pero gracias a nuestra religión en ninguna— no decoramos. Mis padres me tenían prohibido participar de cualquier actividad pagana, pues los Testigos de Jehová no creen que Jesucristo haya nacido el veinticinco de diciembre. Y tienen razón. No tiene lógica, como la biblia entera no tiene lógica. Mi madre me decía que si se daba alguna actividad de intercambio de regalos, respetuosamente, le dijera al maestro o maestra que yo no participaría y, que valientemente, expusiera mis motivos y diera cátedra de mis creencias. Nunca lo hacía. Me daba rabia tener que repetir lo mismo en cada salón de clases en un período de ocho horas. Simplemente, me limitaba a: «Mis padres no me lo permiten», para zapatearme de una responsabilidad que no era mía.

La calefacción se dañó ese día en el salón de clases; así que, tanto mi maestro de salón-hogar como el grupo completo, nos quedamos con nuestros abrigos puestos. El consabido momento llegó.

—Bien, muchachos, tenemos que planificar la fiesta de despedida.

De repente, todos me miraban como a un aguafiestas que nunca participaba en nada.

—Vamos a hacer un intercambio de regalos, de no más de veinte dólares. ¿Estamos todos de acuerdo?

Me seguían mirando. Bajé la cabeza. Podía decir que no me incluyeran, que no me quería meter en problemas en mi casa. O podía comenzar a tomar las riendas de mi vida. La decisión había sido tomada.

—Mr. Hopkins, yo me apunto.

—Pero... ¿no eres Testigo de Jehová?

—No. Ya no. Ponga mi nombre en la lista, por favor.

El oneronauta me sonreía detrás de su escondite con un casco de astronauta, y me mostraba los dos pulgares de sus manos.

El intercambio fue pautado para el viernes de la semana siguiente. Me tocó regalarle a Henry James, un muchacho afroamericano que me caía bien porque era como yo, retraído, tímido y callado. Y muy brillante.

De Henry sabía dos cosas: que le gustaba coleccionar cartas de jugadores de baloncesto y que le gustaba leer cómics. Ese día, cuando anunciaron el intercambio, caminé cuatro cuadras hasta la tienda Garland Hobby Shop en la calle Treemill. El hombre gordo que siempre tenía la misma camiseta azul a media barriga se había mudado con su familia a Pensacola. Me dijeron que no volvería. En su lugar, estaba un fornido y musculoso muchacho de barba recortada, cabello negro, engominado y en puyas, piel morena — casi árabe— que me sonrió y me preguntó cómo me podía ayudar. Me quedé embelesado mirándolo y él solo me sonrió. Musité algo ininteligible que tenía que ver con cómics de *X-Men* y cartas de Scotty Pippen y Michael Jordan. Me trajo un *deck* de cartas que recién le había llegado y la última copia de *The Uncanny X-Men,* el episodio en el que Kitty Pride abandona el grupo para formar *X-Calibur* junto a Kurt Wagner (a.k.a. Nightcrawler), una especie de grupo de mutantes justicieros con base en Inglaterra. Lo compré todo y me sobró dinero de mi mesada para comprarme un libro extraño que vi allí escondido entre los cómics. Se titulaba *La extraña saga del simio pornógrafo*, de Lord Willhelm Charles Rolffenstein. $5.99.

—Este libro no es para tu edad.

—¿Y cuántos años crees que tengo? —le pregunté.

—¿Quince?

—Menos —le contesté—. Pero nadie tiene que enterarse que te compré yo el libro.

—Y si me botan de mi trabajo, ¿tú me recoges en tu casa? —me preguntó con una sonrisa.

Diez minutos después, en la parte trasera del almacén, aquel gigante barbudo de facciones árabes me regalaba su anillo más vulnerable y yo lo penetraba. Era mi primera vez penetrando a un hombre por el culo. Él tuvo paciencia y se cambiaba de posición para que se me hiciera más fácil a mí la penetración. Pero era como introducir un lápiz en un bote de basura. No sentía mucho. Se lo dije.

—Déjame apretar un poco más. ¿Y ahora? ¿Se siente mejor?

—Sí. Mucho.

Se lo metí por doce o quince minutos y me vine. Él se vino inmediatamente. Regresé varios días después y volví a penetrarlo. Tuvimos una relación de amistad con privilegios por varias semanas, hasta que un día, mientras teníamos sexo, su jefe apareció en la tienda y nos sorprendió en el acto. Nunca más lo volví a ver.

En fin, esa tarde que compré el regalo de Henry James regresé a la escuela y lo dejé en mi armario bajo candado. Me fui a casa a leer el otro libro.

Trataba de una niña que recibía, el día de su cumpleaños, un regalo en una caja con un hueco redondo. Ella sabía que adentro había una criatura viva, que sería su mascota. Cuando abrió la caja, su madre pegó un grito. Un chimpancé saltó e hizo un ademán de fino saludo y respeto. El padre le dijo que ese sería su nuevo guardián y que el mono era sumamente inteligente.

Nadie sabía, sin embargo, que la niña ya había tenido su despertar sexual. Tal vez, ni ella misma lo sabía. Pero era consciente de que podía doblegar las rodillas de un hombre con tan solo una mirada. Le gustaba frotarse las «partes» por la noche en su cama. El simio la observaba y se masturbaba mientras ella hacía su actividad.

Un día el chimpancé comenzó a hablarle.

—Tienes una vagina muy rosada.

—¿Y eso es malo? —le preguntó ella.

—No. Solo es eso. Rosada.

—Ah. Ok.

A los padres no les extrañó que su hijita de doce años durmiera con la mascota pues, después de todo, eso era el chimpancé. Pero la niña se frotaba contra la erección del chimpancé todas las noches. Hasta que una vez, de tanto frotarse, la erección del simio se introdujo sin querer en la vulva rosada.

Al otro día del acto, mágicamente, el simio podía hablar perfecto inglés. Articulaba oraciones complejas y pensamientos completos. Inclusive, el simio no solo aprendió a leer y a escribir, sino que se interesó por las artes. Sobre todo por la fotografía y el cine.

Los padres pensaron que la niña era la que tenía esos intereses y le regalaron una cámara.

Dos semanas después, el simio hacía películas pornográficas con la niña; la grababa frotándose. Luego la grababa con sus amiguitas, quienes se maravillaban de las proezas del simio, tanto por parlante como por artista. El simio y la niña vivieron felices para siempre.

Me leí el libro de una sentada. Debí de haberme masturbado veintisiete veces el primer día, ya por la décima vez me ardía el pene y no botaba semen. Pero igual sentía las pulsaciones de mi pene eyaculando aire. Y no podía parar de hacerlo. No soñé durante esas noches. Aunque despertaba con el calzoncillo mojado.

Finalmente, llegó el día del intercambio de regalos. Había envuelto el de Henry James con mucha creatividad usando páginas de revistas de carros y baloncesto. Le había puesto un lazo masculino de cinta gris que me había costado cincuenta y nueve centavos en la farmacia.

El maestro se encargó de poner todos los regalos debajo del árbol de navidad. Uno a uno, los compañeros de clase abrieron sus regalos. A Henry James le encantó el suyo. Pero cuando todo el mundo tenía ya regalo y me vi con las manos vacías, el maestro preguntó a quién le había tocado mi regalo. Nadie contestó. Todas las caras reflejaban un vacío existencial. Un error en los papelitos. El mío supuestamente se perdió.

Sentí ganas de llorar. Mi mente formuló rápidamente conclusiones: Jehová Dios me había castigado por haberlo traicionado. Mi madre se pondría furiosa. El Sr. Hopkins se ofreció a comprarme un regalo. Pero le dije que no. No valía la pena. Nunca más celebraría una Navidad en mi vida. Pero el atrevimiento de haber tomado lo que quedaba de mi adolescencia por los cuernos, me retuvo las lágrimas. Me sentía orgulloso de mí mismo.

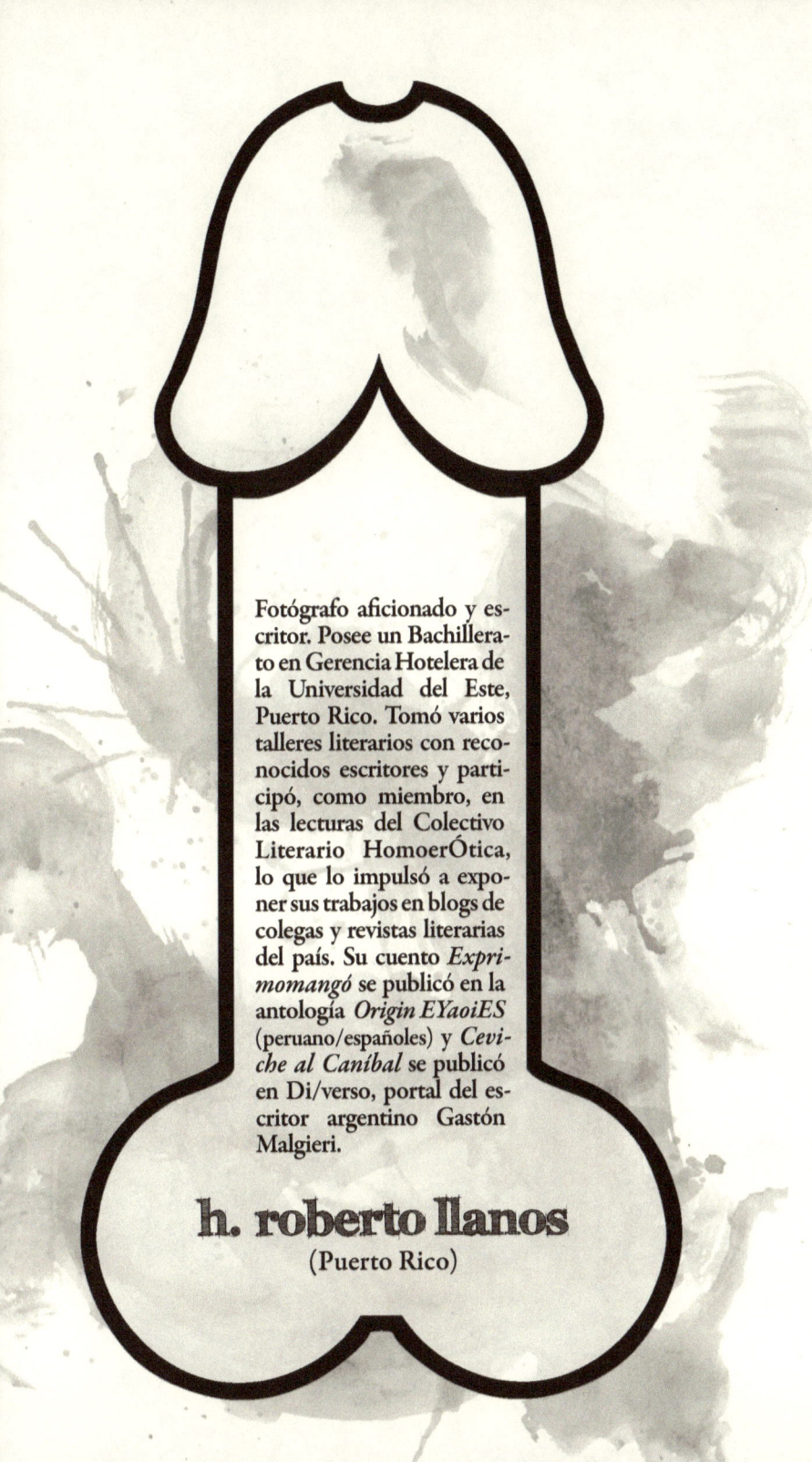

Fotógrafo aficionado y escritor. Posee un Bachillerato en Gerencia Hotelera de
la Universidad del Este,
Puerto Rico. Tomó varios
talleres literarios con reco-
nocidos escritores y participó, como miembro, en
las lecturas del Colectivo
Literario HomoerÓtica,
lo que lo impulsó a expo-
ner sus trabajos en blogs de
colegas y revistas literarias
del país. Su cuento *Expri-
momangó* se publicó en la
antología *Origin EYaoiES*
(peruano/españoles) y *Cevi-
che al Caníbal* se publicó
en Di/verso, portal del escritor argentino Gastón
Malgieri.

h. roberto llanos
(Puerto Rico)

lienzo chocolatoso

h. roberto llanos

No pudo despegar los ojos de la vitrina. El olor del chocolate fue el imán que lo atrajo hasta la tienda. El espectáculo comenzaría pronto. El nuevo maestro chocolatero prendió el micrófono y habló con el público. Ulises se había convertido en la nueva adquisición de la tienda. Con entusiasmo y voz melódica invitó a la gente a probar las nuevas variantes de chocolates. Frente a ellos, mostró el modo de crear diversas trufas y cómo bañar diversas frutas en el chocolate. Las fresas eran las favoritas. El público mantuvo fija la mirada en aquellas manos artesanales que se confundían con el chocolate en el momento de trabajar.

Terminada la presentación, interactuó con el público y contestó preguntas y brindó sugerencias. Matías compró varios chocolates para buscar inspiración. Llevaba semanas admirando el trabajo de Ulises. Miraba sus manos con detenimiento y adoraba como el chocolate se moldeaba entre sus dedos mientras creaba. Aprendió a distinguir entre el chocolate oscuro y el chocolate con leche, su favorito, aunque el otro lo comía en ocasiones especiales. Una vez terminado el espectáculo, se le acercó para felicitarlo.

—Eres tremendo artista —le dijo—. Para un joven de tu edad, te manejas como todo un profesional.

—Gracias, señor del Olmo —le respondió con timidez.

—Llámame Matías. Y de paso compraré algunas cosas hechas por ti.

—No es necesario. Además, es arte comestible.

—Sigue siendo arte y se valora —añadió con una sonrisa.

Al marcharse de la tienda, Beatriz se acercó a Ulises.

—Has hecho lo que pocos han logrado con el Sr. del Olmo.

—¡Beatriz! —La miró con recelo—. No empieces, él no es de mi interés.

—Pero tú de él sí, por lo que veo. Desde que llegaste a la tienda, las ganancias han subido y sus visitas han sido muy importantes. Todas las semanas viene. De hecho estamos auspiciando su próxima exhibición.

—¿El Sr. del Olmo es artista?

—Claro. Ve a Google y búscalo. Te sorprenderá la variedad en sus trabajos. Espero que no ocurra lo mismo con la última presentación. El pobre por poco se muere.

La mirada curiosa de Ulises intentó descifrar el mensaje. Beatriz se limitó a comentar que no vendió ninguna de sus obras y que las críticas habían barrido con su nombre. Tuvo que vender la galería para sufragar los gastos y se limitó a dar clases en su casa.

Ella siguió viendo un rayo de esperanza en sus ojos.

Esa noche, Ulises investigó sobre el artista. Sus obras al oleo, acrílicos, murales y esculturas eran sorprendentes. No obstante, aparecieron diversas noticias que desacreditaban el trabajo por un *affaire*. La curiosidad lo llevó a preguntarle a Beatriz. Ella se limitó a darle una caja de chocolates.

—Creo que es él quien puede darte la respuesta a tus interrogantes. Llévale esta caja, será una excusa para entrevistarlo. No creas todo lo que lees. El chocolate ayuda a aliviar las cosas.

Ella le coordinó a Ulises una cita. Este llegó en la tarde al Viejo San Juan. Caminar por las calles le acordó las muchas actividades familiares diurnas, además de los jangueos nocturnos con los panas. Lo invadió un poco la melancolía, aunque no se apartó del rumbo. Después de caminar varias calles, encontró la casa. Tocó el timbre. Matías abrió la puerta y lo recibió con una sonrisa.

—Llegas a tiempo —dijo Matías—. Estoy preparando café.

—Con estos calores está fuerte tomarse algo así.

—Me gusta tener algo caliente en la boca a esta hora —susurró guiñándole un ojo.

—Pues... Bien por usted —contestó Ulises, pasmado—. Déjeme ayudarle.

—No, gracias. Eres la visita.

—No es problema, será un placer ayudarlo.

—Me darías placer en otras cosas... Mejor sube al segundo piso y observa las pinturas mientras termino. Quiero tu opinión. Ahhh... No sé si te lo han dicho, pero te queda bien tu *look* de Barry White.

Ulises se sonrojó mientras subía la escalera. La picardía del hombre lo desarmó. Subió y quedó impactado con el estudio y las pinturas. Intentó descifrar la historia y los significados de las imágenes pintadas en los cuadros. Le llamó la atención una que estaba en la pared cercana a la ventana. La pintura plasmaba la figura de un joven desnudo que usaba una mascara de arlequín. El muchacho tenía un lunar en forma de corazón, que invitaba a tocarlo. El intento falló tras la abrupta llegada de Matías.

—Veo que te gusta la pintura. Es una de las pinturas favoritas de muchos de mis estudiantes.

—Es bonita. Tiene algo que te hace latir intenso.

—Sí —dijo sonriendo—, todos los que la ven sienten lo mismo. Fue la única pintura que no se pudo vender. Más bien, no la quise vender.

—¿Fue un buen amante? —inquirió Ulises sin pensarlo bien.

—Vaya, eres directo. Y pensaba que eras tímido y reservado. Sí, fue alguien especial. Pero no debí enamorarme de él.

—Uno no manda en el amor.

—Hay cosas que no son buenas hablarlas...

—Perdón, la Internet dice algunas cosas de usted. Estaba intrigado y quería saber...

—Para aclarar, no todo lo que leas en Internet es cierto. Nos enamoramos, pero siempre existió la oposición de la familia. Días antes de la presentación tuvimos una discusión. Se fue a su casa y tuvo un accidente de auto. La familia me hizo responsable. El día de la presentación formaron un escándalo con la prensa. Me boicotearon el evento. Demás está decir que hizo efecto. Las críticas barrieron conmigo. El dolor de su partida y la humillación no las pude aguantar. Vendí todo y me fui a Chicago. Aprendí que no puedes huir de los problemas. Y aquí me tienes ahora dando clases individuales.

—Lamento por lo que pasó.

—No te preocupes, muchacho —dijo mientras se dirigía a la ventana—, solo me queda este cuadro. La vida continúa.

Ulises vio que alejó la mirada, se le perdió en la lejanía de las azoteas de la ciudad colonial. Tras un largo rato, incómodo, Ulises no supo que hacer. Entonces vio las lágrimas deslizarse silenciosas.

Matías sintió el abrazo en la espalda. Ulises se secó las lágrimas y lo besó. Un calentón intenso le invadió el cuerpo. Ulises transpiró un olor chocolatoso que despertó en Matías el deseo de comer.

Comenzó por el cuello. Lo desvistió apresurado y siguió probándole la piel. Llegó al pecho, el olor comenzó a embriagarlo. Bajó el pantalón y encontró una holgada verga de chocolate. La engulló sin respirar. Ulises cerró los ojos. Emitió gemidos de placer que motivaron a Matías a no despegarse y seguir probando de aquel cuerpo para saturarse con su olor. Ambos terminaron desnudos. Se exploraron al unísono.

Ulises contempló el cuerpo maduro de Matías; le devoró la verga. Matías recordó lo delicioso que era sentir una boca húmeda en la entrepierna. El enlace los transformó en un *ying yang* humano. La madurez del cuerpo de Matías, su blancura contrastando con la juventud y el color de ébano de Ulises. La exploración incesante continuó por varios minutos. El calentón interior de Matías lo llevó a cabalgar sobre Ulises. Habían pasado varios años desde la última vez, pero lo hizo como un yóquey profesional. La fricción de los cuerpos provocó un inmenso placer. Los besos entre ambos intensificaron la llama del deseo. Se miraron los ojos mientras los gemidos sobrepasaron el éxtasis. La intensidad de los movimientos creció, no aguantaron más y explotaron. La salvia hombruna los cubrió. Los cuerpos jadeantes quedaron exhaustos. Ulises siguió perspirando con intensidad un sudor dulce. La musa se apoderó de Matías, que se levantó inspirado. Ulises no se movió del piso; así lo venció el sueño. Matías agarró un pedazo de papel y comenzó a dibujar en silencio.

Volvió a sonreír. Tenía de frente una nueva inspiración.

Siempre ha sido muy afín con la diáspora caribeña que vive en E.E. U.U. Usualmente, escribe hasta muy tarde durante la noche, iluminado solo por el resplandor que emite el monitor de la computadora. Y ante las súplicas de su pareja, que le sugiere apagar la máquina, termina por sucumbir al engaño que este le repite una y otra vez: «Te vas a inspirar mucho más si te acuestas a mi lado».

edgardo guerrero
(Puerto Rico)

macoríx
edgardo guerrero

Pácata, pácata, pácata.

Mibero, el caballo de mi primo, se resbalaba al galopar por entre las piedras plateadas que cubrían la orilla del Macoríx. Para evitar la ribera musgosa, acordamos desviarnos por el camino del cañaveral. Aunque ancho en el inicio, el sendero de tierra seca se convertía, más allá, en un trecho angosto. Al penetrarlo, la altanera espesura del cañaveral nos rodeó como si de antemano nos hubiese estado acechando. Los rastros del camino se esfumaron detrás del follaje, y fuimos apresados por un ejército de espigas verduscas.

El cañaveral, portando lanzas filosas, se sublevó contra el opresivo sol caribeño. La brisa caliente avivó los legionarios que, armados con floretes, hincaban mi cara lampiña. Conseguí oír sus cuchicheos por entre el verdor, pero no me sirvió de nada. La piel me ardía, encolerizada por las gotas de sudor que pellizcaban mis heridas. Chorritos de sangre tibia comenzaron a serpentear sobre mi cuerpo. Se perdieron sobre el lomo peludo de Mibero.

Vi a lo lejos los mogotes deslucidos que se alzaban por encima del vaivén de las guajanas y el elenco de nubes grises que invitaban a ser parte de su coreografía invernal. Me preocupó Mibero, el cañaveral, el calor sofocante de ese antro tropical y el ardor que sentí en los brazos. Pero a pesar de tanta conmoción, mi lengua se deleitó con el sabor de la sangre que me topaba los labios. Mi piel magullada se extasió con el roce de los brazos de mi primo Brugal que, al agarrar las riendas de Mibero, rasparon mi torso descamisado.

Convertido en un Alejandro Magno quisqueyano, Brugal guió a Mibero por entre las cortantes espigas, lo obligó a galopar al ritmo de su danza vencedora. Con cuidado de no caer del caballo, me volteaba de vez en cuando y asentaba la mirada en las gotas de sudor que florecían sobre los vellos de su escaso bigote. Con su brazo lacerado, Brugal me apretó contra su cuerpo para evitar que las hojas filosas me lastimaran. Él combatía a machetazos las escabrosas lanzas y les pacificaba la furia, con lo que conseguía abrirnos paso. Y fue, precisamente, durante esa batalla en el cañaveral que, mientras Brugal afrontaba adversarios con el aplomo del que se sabe conquistador, yo descubrí al cortesano Bagoas albergado dentro de mí.

Pácata, pácata, pácata.

La noche anterior, Brugal me preguntó si alguna vez había cazado jaibas. Él conocía un lugar por donde el río se ensanchaba, cerca del Canto de la Piedra, en el que las jaibas chapaleteaban despreocupadas. Allí resultaba fácil agarrarlas. Allí el Macorix dejaba de ser turbio y se tornaba de un color azul celeste.

—Cuando el sol de la mañana besa la corriente del río, los caparazones —cientos de ellos, me aseguró él— brillan como tesoro del Imperio Inca.

Era el mejor momento para cazar los crustáceos, pues el reflejo los aturdía y no oponían resistencia a que manos extrañas los acariciaran.

—El río queda un poco lejos —continuó explicándome cuando nos sentamos a la mesa del comedor—, pero conociendo a Mibero, estaremos allá en pocas horas. Una vez oigas el ruido de sus cascadas, y nades en sus aguas, no vas a querer regresar.

—¡Ustedes tengan mucho cuidado —nos advirtió abuela; su aliento mezclado con el aroma de chivo guisado que nada dentro de un caldero humeante—, miren que ese río es traicionero!

Brugal le repostó con cariño:

—Abuela, mis planes son de explorar la poza en donde duermen las jaibas —y mientras mojaba un trozo de yuca con aceite, me hizo partícipe de su complicidad al añadir—: Si traemos algunas, ¿nos prometes que las convertirás en uno de tus manjares para el almuerzo del domingo?

Como todas las noches, luego de la cena, nos dirigimos al balcón de la casa para escapar del calor y dejar que la brisa fresca acariciara nuestros cuerpos. La tibieza del fogón recién extinguido, el vaho a hierba quemada y la fragancia del cigarro encendido de mi tío hicieron que añorara mi otra isla. Tía se entretuvo contando estrellas mientras acunaba el cuerpo cansado en la mecedora de mimbre. Entre cada chupada de cigarro, tío tarareaba los acordes de un merengue ya casi olvidado. Un perro ladró a lo lejos. Otros dos más lejos aún contestaron los reclamos.

Calmada, la noche transcurrió melódica.

Tía, casi dormida, apenas acechaba estrellas fugaces. Tío fumaba cada vez más lento y sin parar de susurrar tonadas rescatadas de un repertorio ya borroso. El aullido de los viralatas, que en la lejanía insistían en sofocar las pasiones, finalmente enmudeció. Yo permanecí sentado en los escalones, distrayéndome con pensamientos sin rumbo, arropado por la cobija nostálgica de la noche.

Oí que Brugal me llamó desde el gallinero. Caminé en la oscuridad por el sendero plantado de bromelias. Las gallinas dormían en sus jaulas, narcotizadas por el olor a plumas mojadas y el excremento aún húmedo que se adhería a la tierra pisoteada. Lo encontré junto al portón de la verja, recostado sobre una tela de saco que había tendido en el suelo.

—Nos levantaremos temprano —dijo él—. Antes de que abuela Altagracia comience a preparar café.

En la oscuridad, traté de distinguirle el rostro, pero solo vislumbré el reflejo de la luna, que chocaba contra sus ojos.

—Sin hacer mucho ruido —continuó— alistaremos a Mibero y nos iremos por el camino de las palmas reales.

El entusiasmo de Brugal me contagió. Mencioné cañas de pescar y hondas de madera. Brugal opinó que las cañas de pescar serían solo un estorbo; las hondas, por el contrario, nos servirían para ahuyentar a los caos negros que se posaban sobre las ramas de los guayacanes.

—Y cuando nos pique el apetito —enfatizó—, dejaremos que los árboles, colmados de jugosas guanábanas, nos abastezcan.

Era aún de madrugada cuando sentí que Brugal me sacudió los hombros y me cacheteó suavemente hasta despertarme. Ya ensillado Mibero, salimos antes de que los gallos afinaran los gaznates y anticiparan sus liturgias acostumbradas. Nos despidieron las gallinas, las estrellas y las hileras de ropa del tendedero, humedecidas por el rocío del amanecer.

Pácata, pácata, pácata.

Se había convertido en costumbre que me enviaran a la finca de mis tíos durante las vacaciones de invierno. Desde noviembre, mis padres se revoloteaban por los preparativos del viaje. Y la expectativa de mi próxima visita a la Provincia de los Cañaverales —como la llamaba mi tío— invadía las horas de mis días.

Me entusiasmaba saber que pronto vería a Brugal.

En el jardín del colegio, el crujir de los helechos secos en mis manos me acordaba su cabello azabache y tostado. Cuando comía la merienda, los marrayos me confundían. ¿Acaso sería el sabor de aquellas golosinas parecidas a sus dedos sobre mis labios? En los días de playa imaginaba su cuerpo teñido de rojizo hosco. Su piel radiante como un coco al que el vaivén de las olas y el salitre pulieron. Y en las tardes de domingo, la frescura del helado de pistacho me provocaba un gustillo por sus axilas, y por babear la frágil capa de vellos que le germinaba en el pecho.

Pácata, pácata, pácata.

Brugal se columpió en las ramas de los árboles que se estiraban en el Canto de la Piedra y se zambulló dentro de la azul profundidad del Macoríx. Yo fui en busca de las jaibas azules escondidas debajo de las piedras humedecidas. Más tarde, mientras él brincaba entre las rocas cubiertas de musgo, o se agachaba debajo del chorro que fluía por entre las pequeñas cascadas, me distraje capturando pececillos plateados que nadaban en el agua templada.

Caminé perezosamente por donde los helechos acogían arañas y la heliconia mecía su cresta carmesí. Llegué hasta donde habitaban los caladiums coloreados con grafiti. Me acosté junto a los tallos y traté de interpretar los numeritos mágicos escritos en las hojas. Con los ojos cerrados traté de memorizar los dígitos de la suerte. Y mientras los repasaba, comencé a fantasear...

El mediodía se convirtió en atardecer. Como si tramaran algo, de momento, las nubes comenzaron a apretujarse unas y otras. Las ramas de los árboles se alborotaron cual chiquillas inquietas en la hora del recreo. La brisa se volvió ráfaga húmeda, y un vendaval de truenos y relámpagos retumbó sobre el cielo ahora apagado. Sin darnos tiempo de juntar nuestras ropas, un chaparrón de gotas frías empezó a caernos encima. Empapados, corrimos a cobijarnos bajo la cúpula de un yagrumo.

El viento, furioso, heló mi cuerpo. Las gotas, frías y espesas, se colaron entre las hojas plateadas y erizaron mi piel. Empecé a temblar. Intenté calentarme. De pronto, sentí que los brazos de Brugal me enlazaron con fuerza. Por un rato permanecimos así, ceñidos uno del otro. El resplandor del sol volvió a aparecer por entre las nubes. Traté de separarnos, pero nuestras miradas chocaron. Su boca se convirtió en un frasco perfumado que derramó sobre mis labios una esencia con sabor a mamoncillo, a grosella y a jobo dulce.

Pácata, pácata, pácata.

La lluvia se alejó, abandonó el camino de tierra preñado de charcos de fango. Montamos a Mibero y, en silencio, comenzamos el camino de regreso a través del cañaveral. Esta vez, las ramas afiladas que cortaban la piel de mis brazos y mi cara se confundieron con la alfombrilla velluda de su pecho enterrado en mi espalda.

Al llegar a la orilla de la carretera que llevaba a la capital, Brugal se detuvo en el puesto del cocolo que vendía refrescos de *guavaberry*. Sin levantarse de una banqueta, el anciano nos ofreció un «*Good evening*», y acercó un par de vasos de plástico. Entremezclando el inglés y español, nos habló del clima, el calor y la lluvia; incluso, sobre la leyenda de sus setenta años de maldeamores y desconsuelos. Entonces la bebida adquirió un sabor desconocido, como si la hubiesen mezclado con néctar de nostalgia, o endulzado con granos de melancolía.

En la caballeriza, Brugal se encargó de secar el lomo maloliente y la melena oscura de Mibero. Antes de entrar a la casa, levantó unas tablas que escondían una pequeña caja de madera que guardaba docenas de piedras azuladas con diseños en relieve. Mientras me daba a sujetar varias de ellas, me dijo:

—Son piedras que tallaron los taínos. Y mira esto... —De sus manos sobresalió una figura de piedra con una escudilla sobre la cabeza—. Es el cemí de la cohoba. —Dejó que yo lo examinara de cerca mientras explicaba—. Lo usaban en los rituales para comunicarse con sus dioses. —Del bolsillo del pantalón sacó una piedra brillosa que había encontrado en el Macoríx y la comparó con otras que guardaba en la cajita. Volvió a colocar todo el tesoro en la caja de madera y la tapó con las tablas; no sin antes hacerme prometer que no le contaría a nadie el lugar donde la escondía.

Pácata, pácata, pácata.

Durante el siguiente año, esperé ansioso a que llegara el mes de diciembre; quería regresar a la orilla del Macoríx. En el aeropuerto, los músicos que tocaban tamboras y güiras saludaban a los pasajeros al compás de merengues, y ofrecían tragos de ron del país. Entre la multitud de familiares que aquella tarde venían a recoger a sus viajeros, pude ver la cara de tía que, como hacía anualmente, se engalanaba para darme su abrazo de bienvenida. Vestía un traje de algodón blanco con un cinturón amarillo. Del cuello le colgaba un collar de piedras ámbar, que combinaba con aretes.

Tío la acompañaba; vestía una guayabera también blanca. El habitual cigarro le colgaba de los labios. Cuando le pregunté por qué Brugal no había venido a recibirme, ambos lo excusaron diciéndome que hacía meses que Brugal había ingresado a un equipo de pelota.

—Se ha vuelto un hombrecito —pronunció con voz llena de orgullo—. Y durante estas vacaciones estará trabajando en un taller de bicicletas para costearse los uniformes de pelotero.

Ese invierno lo pasé cazando cobitos y divagando entre los árboles de tamarindo y esperando a Brugal. Por las tardes, cuando el calor amainaba, acompañaba a la abuela cuando salía a conversar con las orquídeas aterciopeladas del patio. La brisa de las noches no traía en su humedad ni tan siquiera rastros del olor de mi primo; y luego de las cenas —que casi nunca probaba— me retiraba a la caballeriza y conversaba con Mibero hasta que el sueño lo vencía.

De vez en cuando, revisaba las piedras talladas que guardaba Brugal en el escondite. Un mar de veces le supliqué al cemí de la cohoba que todo volviera a ser como antes, pero fui un cacique al que los dioses no consintieron. Los encuentros con Brugal se volvieron cada vez más accidentales y vaporosos. Regresé a mi otra isla sin querer aceptar lo que las plumerias y las orquídeas, a todas voces, afirmaban.

Pácata, pácata, pácata.

La tarde de un martes de la última semana de marzo, mi padre fue a recogerme al colegio. Me invitó a refrescarnos con un mantecado de mi heladería favorita. No fue hasta que nos habíamos sentado en uno de los bancos de la plaza San José que me fijé en su cara abatida.

—Tu primo Brugal tuvo un accidente —me dijo con voz temblorosa—. Venía junto a los otros muchachos del equipo de pelota sentado en la caja de la camioneta. Cuando pasaban por el puente que cruza el Macoríx, un camión cargado de caña, que se dirigía en dirección contraria, los chocó.

Sus ojos fijos miraron los míos.

—Los muchachos salieron disparados. Brugal fue a parar contra una piedra en la orilla del río... Murió al instante.

Lamí el helado que, derretido, se regó entre mis dedos. Recuerdo que apenas alcancé a sentir el sabor de *guavaberry* amargo. Me sofoqué hasta lo más hondo del pecho.

Pácata, pácata, pácata.

Fumando en su banqueta —a un costado del balcón— tío lanzó humaredas plateadas que nublaron la claridad de aquella noche invernal. Embriagado, le habló a la botella de Mama Juana que, envuelta en cuerdas de paja, reposaba sobre la baranda. Con voz melancólica, revivió el logro del pelotero Osvaldo José Virgil, en 1956, y argumentó consigo mismo sobre lo mucho que le debía el Dandy Marichal a Trujillo. Maldijo porque la gente no le había dado el crédito merecido al general, el padre de la pelota dominicana. De repente, cesó de hablar. Se dio cuenta de que a las especies de anamú, maguey, clavo dulce y pega palo —que flotaban dentro de la botella— ya no les interesaba escuchar su monólogo.

Tía, por su parte, dejó de estorbar las estrellas. Sus ojos vacíos se enfocaban en las pocas luciérnagas que aún bailoteaban sobre el jardín de la abuela. Aunque hubiese querido disimular la tristeza, le resultaba difícil engañar a nadie. Todos sabíamos que sus ojos húmedos buscaban la sonrisa de su hijo, pues se había jurado a sí misma que en algún momento la cara de Brugal se asomaría por entre el sembradío de cacaticas, cañuelas y flores de mayo.

Ese fue el último invierno que visité a mis tíos en la Provincia de los Cañaverales. De aquellos viajes —aparte de mis recuerdos— solo guardo el diminuto cemí de la cohoba que Brugal atesoraba, junto con el poema que le dediqué y que guardé en el escondite de la caballeriza.

La mañana antes de partir, mientras peinaba la melena de Mibero, se me acerco el tío y me entregó un saquito de tela. Me exhortó atesorar el contenido. Su caricia sobre mi cabeza fue suficiente para que yo entendiera que mi secreto quedaría entre nosotros y el Macoríx.

Pácata, pácata, pácata.

Con el paso del tiempo, sanaron las cicatrices que las hojas afiladas dejaron en mi piel. A través de los años, acabé besando docenas de labios extraños en busca del gusto a grosella y a jobo dulce. Innumerables veces chupé meñiques intentando relamer el saborcillo a sudor salado. Y muchas otras enterré mi nariz en axilas enmarañadas para rastrear la fragancia de la tierra seca y polvorosa. Pero, igual que el cocolo de la carretera que conduce a la capital, llegué a la vejez coloreado de maldeamores y desconsuelos.

Pácata, pácata, pácata.

En la soledad de mi apartamento, me levanto del sillón y, entre las sombras, busco el cemí de la cohoba que he guardado en las gavetas del armario. Lo tomo con ternura y lo acaricio con mis dedos arrugados. Por toda mi piel aparecen cortaduras que me incendian. Siento que Brugal me abraza y, con fogosidad, me seduce. Entonces nos estremecemos impetuosamente hasta que, de súbito, Brugal estalla y derrama su simiente sobre cada uno de los surcos de sangre que serpentean mis brazos, mi pecho y mi cara aún lampiña.

Pácata, pácata, pácata.

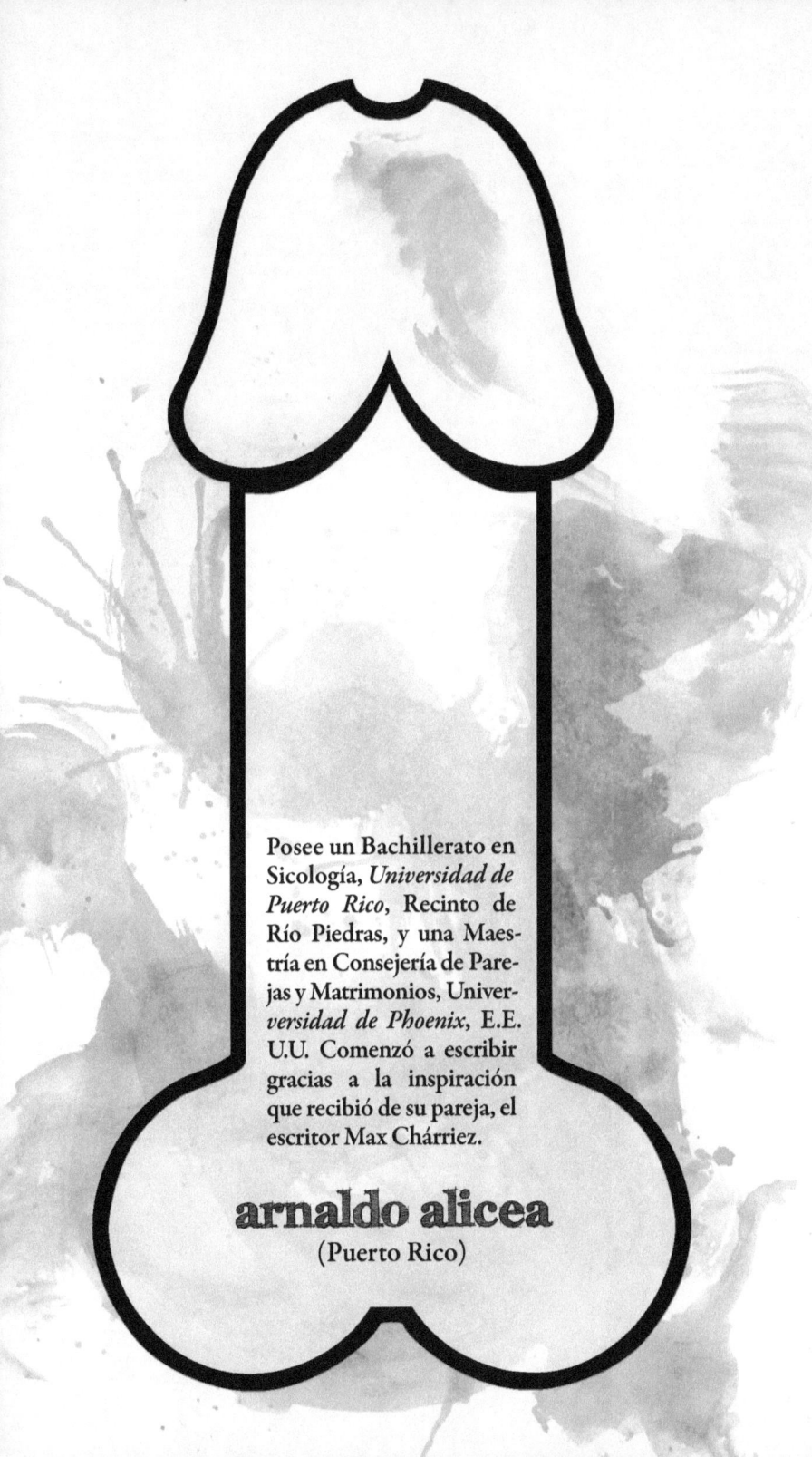

Posee un Bachillerato en Sicología, *Universidad de Puerto Rico*, Recinto de Río Piedras, y una Maestría en Consejería de Parejas y Matrimonios, Universidad de Phoenix, E.E. U.U. Comenzó a escribir gracias a la inspiración que recibió de su pareja, el escritor Max Chárriez.

arnaldo alicea
(Puerto Rico)

mi negro
arnaldo alicea

«Uno... Dos... Tres...».

El conteo de latigazos por el capataz no es nuevo para mí.

«Cuatro... Cinco... Seis...».

Ha sido algo que, de cada cierto tiempo, se escucha en la hacienda.

«Quince... Dieciséis... Diecisiete...».

Esta vez es distinto.

Siempre disfruté acompañar a mi padre al pueblo en tiempos de subasta; un evento que no me perdía por nada del mundo. La algarabía del momento, el olor del sudor de tanto hombre junto revuelto en el ambiente, que causaba excitaciones profundas. Desde pequeño me gustaron los hombres. Nunca había estado con uno y, aún así, sabía lo que deseaba. Solía pasar horas muertas en el campo con los esclavos, supervisando los trabajos y, obviamente, disfrutando sus cuerpos negros, fuertes y musculosos. Una noche —terminada la labor del día, y ya en la oscuridad de mi habitación— desahogué mi deseo; me masturbé pensando en varios de ellos. Recordé como el agua se les deslizaba por la cabeza y les chorreaba por los pechos hinchados hasta llegar a las pelvis, donde el pantalón no permitía ver nada más que un bulto inmenso. Tenía que taparme la boca con la almohada para que no se escucharan los gritos de placer que me provocaban aquellas imágenes. No podía imaginar el día en que, finalmente, estuviera en los brazos de alguno y sintiera el peso de su cuerpo en mi espalda. Toda aquella fuerza dentro de mí.

«Treinta y tres… Treinta y cuatro… Treinta y cinco…».

El capataz sigue contando y mi corazón se desmorona poco a poco.

Mi padre era un hombre estricto, rígido y luchador; confiaba mucho en mí. Fui el único de sus hijos que se mantuvo junto a él en los quehaceres de la hacienda. No estudié en el extranjero. Mi universidad era la vida y las enseñanzas que él me impartió. Cuando había subasta, yo me encargaba de hacer la inspección de los esclavos que comprábamos. Había aprendido con el veterinario del pueblo cómo examinar las reces y los caballos que comprábamos. Me fijaba en el estado de las extremidades, los dientes, las orejas, etc. Nunca estuve de acuerdo con la esclavitud, aunque era un mal necesario como muchos otros. Por mi parte, traté siempre de hacerles la vida lo más fácil posible. A fin de cuentas, así eran más productivos.

Una de aquellas visitas al pueblo resultó muy especial. Yo celebraba mi cumpleaños número veintiuno. Mi padre me dijo que escogiera un esclavo como regalo. Aunque en un principio no me agradó tanto la idea, procuré no llevarle la contraria. Decidí buscar al más perfecto. No solo lo haría mi esclavo; sería alguien especial. Le demostraría a todos que estos hombres podían ser trabajadores sin que tuviéramos que someterlos a injusticias, maltrato y el discrimen del que regularmente eran víctimas. Tuve muchas esperanzas con aquella oportunidad. En esta ocasión llegó un gran número de esclavos; había mucho de dónde escoger.

No quise uno muy mayor. Sabía que encontraría alguien especial que me acompañaría en esta travesía a la que me iba a encaminar.

«Cincuenta y ocho... Cincuenta y nueve... Sesenta...».

¿Cuánto más falta para que acabe esta agonía?

Los subastadores dividían por grupos a las hembras de los machos incluso, por edades. Encontré un grupo selecto y en buen estado. Como de costumbre, según encontraba candidatos, los cotejaba bien. De repente, apareció frente a mí un ejemplar que me dejó con la boca abierta. Tenía aproximadamente entre veintiuno y veinticinco años, seis pies con dos pulgadas, pelo corto, labios carnosos y cuerpo cubierto por una capa delicada de vello negro. Parecía haber sido hecho por el mejor escultor del mundo. No pude dejar de notar que dentro de sus pantalones cortos escondía un bulto digno de manjares y banquetes. Comencé a cotejarlo. Estaba sólido como una roca: espalda ancha, brazos y muslos inmedibles. Verifiqué la dentadura, aspecto que muestra mucho de la salud de un esclavo. Entonces, mi mirada se cruzó con la de él. Vi algo diferente allí; no sé qué. Cierta profundidad que no había visto en mucho tiempo. Lo miré y, sin esperármelo, percibí una sonrisa escondida en sus labios. Nunca había mirado a un hombre como lo miré a él. No dudé un minuto más y lo escogí como regalo de cumpleaños. Supe que él y yo tendríamos algo más que una relación de amo y esclavo.

Insistí a mi padre que, para domar al esclavo, para que me fuera fiel y leal, era mejor que estuviera cerca de mí y no en los cuarteles donde usualmente duermen.

—¿Estás seguro de que es eso lo que quieres hacer? —preguntó mi padre.

—Claro —contesté—. No te preocupes, será como mi perro faldero.

Así que, me mude a una habitación más grande en donde se le habilitó un espacio para que él durmiera.

Tenía propuesto convertirlo en algo más que mi esclavo. Le demostraría que podíamos relacionarnos. Él nos serviría como los demás, pero yo respetaría su dignidad. Esto último, claro está, le pareció a mi madre una idea loca y descabellada.

«Ochenta y uno... Ochenta y dos... Ochenta y tres...».

Ya no queda casi piel en la espalda ni fuerza que sostenga el cuerpo.

Transcurrieron casi seis meses durante los cuales Andrés (así decidí llamar a mi esclavo) estuvo aprendiendo nuestro idioma y costumbres. En ocasiones, cené en mi cuarto con él para no escuchar los cuentos de horror que mi padre narraba sobre otros esclavos, lo que él llamaba: «lecciones de obediencia». Mi padre desaprobaba muchas de mis decisiones, pero me permitió continuar con mi experimento. Predicaba que el sitio del esclavo estaba con los demás, y me decía: «Algún día verás que esto se saldrá de las manos y será ese negro quien pagará las consecuencias». Jamás pensé que mi padre tendría tanta razón.

Cada día que pasaba, Andrés aprendía más y más. Él seguía brindándome esa mirada profunda y esa sonrisa hermosa que me regaló el momento que lo conocí. En silencio, no solo deseé más su cuerpo, sino también su alma y su corazón. Dentro de mí sabía que él compartía mis sentimientos; no importaba que uno fuera negro o blanco, dueño o esclavo, siempre había espacio para el deseo, el placer y el amor. Pero a Andrés no le demostré entonces indicio alguno de mis sentimientos. No quise verlo obligado a corresponderme por su condición de esclavo.

«Noventa.. Noventa y uno... Noventa y dos...».

Pronto terminarán ya los cien latigazos ordenados.

Una ocasión en la que enfermé de fiebre, Andrés permaneció a mi lado. Mi madre trajo los medicamentos que el doctor recetó para mi alivio. Por la noche, luego de varias horas delirando, la fiebre cedió un poco y abrí mis ojos y encontré a mi negro acostado junto a mí en la cama. Mi corazón brincó de sorpresa y emoción. Mientras pasaba un paño con agua fresca sobre mi cabeza, me contó lo que yo había sufrido esos días. Sus dedos me acariciaron tiernamente, su mirada penetraba mi corazón. Sin pensarlo, le cogí la mano y la pegué en mi pecho para que él sintiera el latir acelerado de mi corazón. Luego coloqué mis manos en su rostro y lo acerqué al mío. Juntamos los labios. No hubo titubeo en él. Me besó con ahínco, como tantas veces yo había deseado.

Su beso fue como néctar en mi boca. Comenzamos un juego de besos y caricias llenos de intensa pasión. Me dijo que lo único que yo repetía, el tiempo que estuve delirando, había sido su nombre: «Andrés..., Andrés...».

La habitación se llenó de un aroma exquisito, como los perfumes famosos que traía mi madre de París. Poco a poco, Andrés acarició cada parte de mi cuerpo y me estremecí de un modo indescriptible. El calor de nuestros cuerpos entre las sabanas desbocó nuestra pasión y el amor que habíamos escondido desde hacía tanto tiempo. Era como si él conociera mis fantasías.

De repente, me viró y comenzó a besar mi cuello. Abarcándome con los brazos, descargó el peso de su cuerpo en mi espalda, y toda su fuerza dentro de mí. En ese momento no importó color, raza ni posición social, solo pasión y amor. ¿Qué más podían sentir dos seres como nosotros? Supe que tal sensación no la volvería a sentir jamás en la vida con ningún otro ser humano. No me equivoqué.

La puerta del cuarto se abrió y, para sorpresa de ambos, allí apareció mi padre, que había subido a ver como seguía yo de la fiebre. No hubo gritos, discusión ni algarabías. Con fuerza bruta, papá sacó a Andrés del cuarto. Antes de marcharse, me reprendió: «Te dije que esto terminaría mal... Contigo arreglo las cosa más tarde».

«Noventa y cinco... Noventa y seis... Noventa y siete...».
Ya no quedan más fuerzas dentro del cuerpo.
«Noventa y ocho... Noventa y nueve... Cien...».
Terminó el capataz su conteo.

—Ya está muerto —suspiró—. ¿Qué hacemos con el cuerpo, patrón?

—Entiérralo con el negro Andrés; así podrán estar juntos. Eso quería mi hijo, que ambos fueran iguales en todo. Y no paró hasta conseguirlo.

Posee un Bachillerato en Mercadeo, Universidad de Nueva York, E.E U.U. En el año 1980 ganó el certamen: Escritores del Mañana, Sistema Educativo Ana G. Méndez; en 1989, el certamen de cuento de Writer's Digest; y en 1998, el certamen de cuento de El Herald de México. Participó como actor de teatro y tomó talleres de narrativa con Elena Poniatowska y Laura Restrepo. Trabajó como libretista de T.V. en Nueva York, Los Ángeles, México y Colombia. Publicó en las revistas: Qué leer (España), Papiros (Colombia) y Argos (México).

alexis pedraza
(Puerto Rico)

proyecto de lujuria
alexis pedraza

Hoy volví a ver Andrés después de poco más de diez años. Lo vi de lejos, caminando por una acera de la Gran Vía; pero mis piernas no respondieron, me quedé paralizado. No ha cambiado mucho. Quizás unas cuantas canas, algo normal por su edad. Debe de estar cercano a cumplir los cincuenta. Era evidente, aún en la distancia, que con los años también ganó un poco de barriga, aunque seguía igual de guapo. Cuando mis piernas pudieron moverse, corrí apresurado huyendo de él. No pude huir del recuerdo, de su paso por mi vida: aquellos meses en los que, cual presa fácil para un zorro como él, me convertí en su proyecto de lujuria. Necesité sentarme y tranquilizarme un poco. El corazón me latía tan aprisa que sentí que, en cualquier momento, saldría de mi pecho dando brincos. Me atacó una mezcla de ansiedad y excitación que provocó que mis manos comenzaran a sudar. Una treta del destino, sin duda, me trajo de vuelta a Madrid para retomar aquellos placeres que había mantenido ocultos en el armario durante tanto tiempo.

De mi mente nunca he podido borrar aquel primer encuentro. Agosto de 1999. Apenas llevaba unos días en España cuando en una visita al Museo del Prado, mientras contemplaba parte de las obras de Goya, sentí su mirada examinadora. Yo estaba convencido de que, como buen cazador, él había olfateado en mí a una presa fácil. Un chaval ingenuo. Así me había llamado más de una vez, recién llegué al país como estudiante de intercambio en la Complutense, y con pinta de monaguillo católico. No pudo presentársele mejor prospecto para su nuevo proyecto.

No me tomó mucho tiempo percatarme de que me seguía desde hacía varios minutos. En más de una ocasión lo miré con disimulo, como si mi atención se posara en uno de los retratos de la exhibición. Él supo que yo también lo miraba. Cuando me sorprendió haciéndolo, cambié la vista y exageré mi interés en el retrato *Los Duques de Osuna y sus hijos* —uno de mis favoritos de Goya—, pero eso no hizo más que dejar en evidencia mi nerviosismo. Me moví entre la gente hasta quedar enfrente del retrato *La Familia de Carlos IV.* Creí que había logrado perderlo cuando, al voltearme, estaba a mi lado. Sentí sus ojos como puñales clavados en mí, y caminé con desespero hasta salir del museo.

Ya en la calle, no me atreví mirar atrás pues sospeché que me había seguido. Me dirigí al metro con miedo inexplicable. El metro, que me sirvió como medio de transportación durante aquellos días, sería mi escape. Apenas conseguí entrar antes de que partiera. No encontré espacio para sentarme y me sujeté fuerte de uno de los tubos, sintiendo un poco de alivio. La sensación de tranquilidad no duró mucho; lo sentí parado tras de mí. Al voltearme, vi su cara sobre mi hombro. Mi corazón volvió a desbocarse. Estaba allí, junto a mi espalda. Sentí su erección en mis nalgas mientras me susurró al oído que no quería asustarme. Sentí su lengua en mi nuca y sus labios recorriendo el dorso de mi oreja izquierda. Yo me dije: «Tranquilo, Francisco. No podrá hacer más de lo que ya hace; aquí hay demasiada gente». Me lo repetí una y otra vez tratando de controlar los nervios. ¡Inocente de mí! Con una mano él me agarró la erección que me había provocado, y con la otra jugó con una de mis tetillas. «Por favor, no siga», le dije casi en tono de súplica, pero no tuve duda de que él notaba que me excitaba, que en el fondo me gustaba. Mire alrededor y, aunque todos estaban en sus propios mundos sin importarles siquiera quién iba al lado, un hombre nos observaba mientras se tocaba la entrepierna.

—Basta —exigí—, que nos están observando.

—Dejadlo que mire. Dejad que el infeliz se lo disfrute.

Mi mirada se cruzó con la de aquel hombre de poco más de cuarenta años que, desde su asiento, me regaló una sonrisa lasciva. Su erección creció tanto como la mía.

El metro se detuvo y, antes de bajar...

—Hola, mi nombre es Andrés. No he querido asustaros, pero no he podido evitarlo. Desde que te vi en el museo no he hecho otra cosa que imaginarme lo rico que sería follarte. Aquí está mi tarjeta. Espero volver a verte.

Metió la tarjeta en mi bolsillo y se marchó.

Leí las letras impresas: Andrés Iturbe, Arquitecto.

Conservé la tarjeta sin saber lo que me esperaba. No pude sacarlo de mi mente. Luego de un par de horas lo llamé. Me invitó a su casa esa misma noche. Se reuniría con unos amigos para disfrutar de tapas y tragos, algo informal. Allí me dejó el taxi a eso de las nueve.

—Conozcan a Francisco. Está de visita en nuestro país; así que, háganlo sentir como en su casa, ¿vale?

Me besó en los labios. Un beso preñado de lujuria. Después me dijo:

—Tío, que bien que has venido. Sé que la pasarás bien. Yo me encargaré de eso, chaval.

Aquel beso fue suficiente para alborotar mis hormonas instantáneamente.

—¿Qué queréis tomar?

—No tomo licor. Nunca he tomado.

—¿Cómo? ¿Cuántos años tienes, hombre?

—Veinte.

Andrés se echó a reír y, abrazándome, me acompañó al bar.

—Vamos, que ya tienes edad suficiente para muchas cosas.

Me sirvió la primera copa de tinto.

Las copas comenzaron a hacer efecto. Al rato, yo no estaba seguro de lo que veía: hombres a medio vestir por toda la casa. Algunos desnudos.

El vino no interfirió con mi libido; en instantes mi pene parecía una lanza. Sin darme cuenta cómo ni cuándo, de súbito tuve a Andrés sobre mí mientras otros nos observaban. Traté de oponer resistencia, pero mis ganas pudieron más y me dejé llevar. A Andrés lo excitó sobremanera ver cómo nos miraban, como los demás se masturbaban mientras mordía mis nalgas y saboreaba mi miembro, que cada vez estaba más duro. Enloqueció aún más cuando aquellos vieron que quedé de rodillas frente a él y engullí la maceta suculenta que él mismo metía y sacaba de mi boca. Mientras lo recorría con mi lengua, Andrés no dejó de moverse. Miré alrededor. En ese momento descubrí que también me gustaba, que me excitaba tener la atención de todos mientras me sentía un pervertido que daba rienda suelta a sus fantasías más oscuras; como si fuera otra persona, como si en esos instantes no fuera el mojigato lleno de prejuicios que yo siempre había sido.

Aquella noche fue la primera vez. La primera de muchas veces en las que mis inhibiciones se quedaron atrás, tan atrás que, de la mano de Andrés, llegué a hacer cosas que había criticado. Disfruté ser observado por terceros cuando Andrés me poseía. A veces, era yo quien lo poseía a él. Ni pensar en lo que pudiera decir mi madre, la catequista, o mi padre, el ministro de la eucaristía; ambos amenazarían con que ardería en el infierno como todo aquel que se dejaba dominar por los placeres de la carne. El cuadro se repitió en diferentes escenarios; y cada vez fue Andrés quien decidió cuándo, cómo y dónde. Lugares públicos: la mayoría de ellos parques y callejones, bares y baños, cualquier lugar en el que uno o más pudieran mirarnos. Así pasó durante casi un año en el que Andrés me arrastró con él en una tormenta de sudor, saliva y semen. Un año en el que nunca salí del dormitorio de la universidad sin lubricante y profilácticos en mi bolsillo.

Terminó el segundo semestre y tuve que regresar a mi país. No supe más de Andrés. Hasta hoy, que lo volví a ver. Me asaltó la idea de llegar hasta su trabajo, ver si su domicilio seguía siendo el mismo...

Me apresuré y tomé un taxi hasta el museo. En El Prado, celebraban la obra de El Greco, las pinturas realizadas en Italia y las ejecutadas en España. Me envió el Museo de Arte Nacional de mi país, correspondiendo la invitación que le fuera extendida. El museo estaba abarrotado. Entre los miembros de la prensa especializada y los espectadores, conocedores y coleccionistas, casi no se podía caminar por las salas. Entre las obras destacaban *La Trinidad, La Anunciación* y *La huida a Egipto,* sus obras cumbres.

Haciendo espacio entre la gente, me las ingenié para alejarme de la multitud y salí a respirar un poco de aire fresco. De repente, sentí la mirada. Allí estaba Andrés, acompañado por un jovencito que, como mucho, tendría diecinueve o veinte años. Su proyecto lujurioso de turno. Bastó mirar solo una vez para verme dentro de aquella escena años atrás. Caminé hacia el baño y, una vez más, noté que alguien me seguía. No creí que fuera Andrés, pero para mi sorpresa él entró al baño. No venía solo. Me quedé mirándolos sin hablar; esta vez no huí. Permanecí allí mientras veía cómo entraban juntos a un cubículo y comenzaban a tocarse sin dejar de mirarme. Era la misma escena, salvo que no tenía lugar en el metro, y al que seducían no era a mí. La excitación creció entre ambos de igual modo que en mí. Me percaté de que su nueva presa no era tan ingenua como lo fui yo una vez; el chico le desabotonó el pantalón a Andrés y devoró su imponente miembro. Mi respiración se aceleró al ver cómo Andrés insistía mirarme mientras el chico se atragantaba allá abajo. Volví a sentirme tan pervertido como la primera vez hacía casi diez años. Sin embargo, ahora mi posición era otra... Me gustaba también. Y fue a partir de entonces que supe que siempre había disfrutado tanto observar como ser observado.

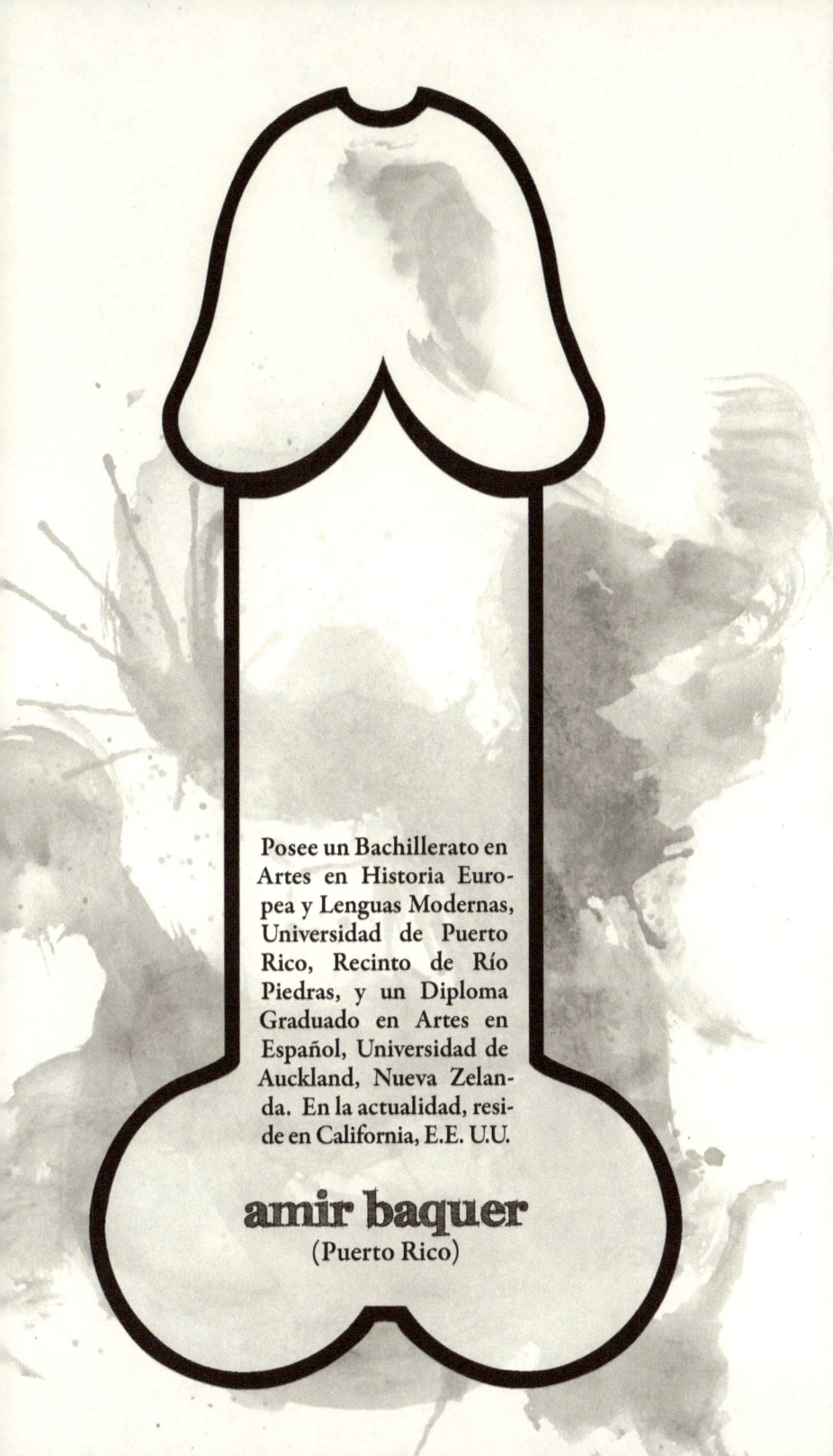

Posee un Bachillerato en Artes en Historia Europea y Lenguas Modernas, Universidad de Puerto Rico, Recinto de Río Piedras, y un Diploma Graduado en Artes en Español, Universidad de Auckland, Nueva Zelanda. En la actualidad, reside en California, E.E. U.U.

amir baquer
(Puerto Rico)

sebastián
amir baquer

Finalmente llegué al fondo del pasillo. Había pasado un caos de pantalones y espaldas coronadas por cabezas sin rostros. El celador nos indicó formar una línea como era la costumbre en dicho lugar. Así, después de tanto, llegaba al cuarto, pero la fila me expulsó hacia el inicio del pasillo nuevamente. Gracias a esto, volví a sentir algo de temperatura en tan frío lugar. Al que le tocó pegarme, me devolvió los calores entre las piernas y me sentí más a gusto. «Es Sebastián», indicó uno que estaba más al frente, contestándome como si me hubiese leído la mente. Moví la cabeza hacia delante y reconocí una mata negra y revuelta como la noche de quién sería Federico insertado a Salvador, uno más bajito de cabello rojizo.

Continué pues en la fila que nos había ordenado hacer el celador. Pese a las ropas puestas y al desconocimiento de quienes allí habitaban y sus costumbres, pude tomar con las puntas de mis dedos izquierdos los de mi igual del frente. Rápidos, tantearon el lienzo que cubría su cuerpo. La magia de mis dedos disolvió la barrera textil y me encontré jugando con la punta de espada de aquel romano. Aunque estaba cubierta, la humedad del lugar le desarrolló cierto espumarajo viscoso que facilitó el jugueteo con tan peligrosa arma. Al mirar al frente, solo pude reconocer una nuca dura y cabellos bajos que me llenaron de tensión.

Llegamos pues al espacio común. Cada cual habitaba su rincón, hablando en voz baja, entre ellos, durmiendo o jugando con no sé qué cosas. En la esquina de las duchas se encontraba él, no como un mártir frágil, femenino y traspasado por nueve flechas y atado a un tronco, sino un angustiador fuerte, macho y en pie de guerra. Lentamente, se transformó en un Minos, luego en su padre bovino y luego regresó a su forma original. A pesar de su transformación, desde aquel instante lo seguí viendo como lo que era, un toro.

Su estatua permitió examinarlo en baja luz con mucho cuidado, por ser la carne más fresca del lugar y quizás porque era parte del rigor. Desde la punta de sus cabellos, que permitían agarrarme a él, bajé por su cuello salado, giré toscamente por su espalda y pecho brillosos, sucumbí lentamente en su hondonada herbácea y continué hasta lo más profundo de su barranco para encontrarme con un valle claro, limpio y húmedo. Mi permanencia fue permitida durante una larga y minuciosa exploración que se hizo infinita en un silencio sepulcral idóneo para la ocasión. Me propuse continuar en el viaje de bienvenida y colonizar. Pero el sonido de un teléfono, seguido por la voz del celador y eco de mis compañeros, reclamaron mi presencia. Dor y Rico me buscaron y me llevaron ante el celador.

El viejucho me condujo por el mismo pasillo que había llegado hasta el otro lado del edificio. Tras tocar puerta y el cierre de la misma, comencé mi labor asignada. Tenía que pagar, porque nada era gratis en la vida, y mucho menos en aquel lugar. La sentencia quedó clara en las demandas del administrador al momento de admisión. «Aquí vas aprender a ser un buen chico», indicó mientras miraba por la ventana hacia el mar. Colocó su cigarro en el cenicero del escritorio, se bajó suavemente el pantalón y me dio la espalda. Cerré los ojos y Sebastián se coló entre mis cejas. Al abrirlos, estaba listo para ser buen soldado y atacar.

Afuera, en la playa, el crustáceo despertó muy lentamente de su habitual sueño. Tras abrir los ojos, sacó la cabeza de la concha de metal blancuzco. Respiró profundo y la cara redonda de bombilla gesticuló puro alivio y satisfacción. Casi al instante, se deshizo entre el vaivén y la humedad de las profundidades tropicales.

Maestro de español de escuela pública y profesor de Lenguaje y Humanidades en National University. Posee una Maestría en Creación Literaria, Universidad del Sagrado Corazón. Fue columnista del Puerto Rico Breeze, antigua publicación GLBTT bilingüe. Publicó en las revistas Nuevos Tiempos y Turismo Alternativo. En el año 2007, ganó el primer premio del XIII Certamen Literario UPPR con el cuento *Conspiración*. En 2009, publicó el libro de cuentos *Delirios de pasión y muerte*; y en 2011, la novela *Ojos como de hombre*. Fundó la Editorial La Tuerca.

max chárriez
(Puerto Rico)

no le dije adiós

max chárriez

Lo vi entrar. Cualquiera diría que lo esperaba porque me pasé la noche pendiente a la puerta. Cada vez que se abría, miraba como si estuviese esperando a alguien. Y aunque no lo esperaba ver esa noche, lo sentí como lo más natural, como si tuviésemos una cita. Él estaba llegando, aunque tarde... y borracho.

Pasó de largo, tambaleándose. No me vio, ni tan siquiera se acercó a la barra a pedir un trago, lo que me hubiese dado la oportunidad de acercarme y saludarlo. No. Siguió derechito hacia el cuarto oscuro. Lo seguí con la mirada. Se detuvo, como otras veces, en la esquina frente a los baños solo unos breves segundos. Para mí esa era la señal, la señal de que me buscaba, de que esperaba que estuviese listo para recibirlo, de llenarlo de besos, acariciar su pecho velludo, sus molleros, oler el *Old Spice* en su cuello, sentir el roce de su barba de dos días, caer postrado y adorar su hombría, la que me dio vida y me hizo lo que soy ahora.

Lo alcancé cuando se lo tragaba la oscuridad, y me mantuve cerca. Una vez adentro, nos azotó una manada de roces y quejidos, y antes de que se perdiera, lo tomé de la mano. Reconoció el toque de la mía. La apretó y se dejó llevar.

Encontramos la esquina. Se tumbó contra la pared y, como siempre, metió las manos en los bolsillos. Fueron mis dedos los que violentaron los botones de la camisa. Recosté mi rostro sobre el pecho velludo. Aspiré su fragancia de macho, de bestia humana: esa mezcla de *Old Spice*, sudor y *whisky.* Lo abracé por la barriga, redonda y dura, y me revolqué en su cuello, y besé su barbilla y seguí bajando, besando esa línea recta que conectaba todos sus universos con los míos. Bajé hasta tener mi cara frente a la cremallera del mahón oloroso a grasa y polvo.

Él era siempre quien sacaba las manos de los bolsillos. Se abría la correa, el botón, la cremallera, y se bajaba el pantalón y el calzoncillo un poco, y abría las piernas lo suficiente para que no resbalaran hasta el piso, y volvía a depositar las manos en los bolsillos. El resto me tocaba a mí. Como en ocasiones anteriores, esperaba un poco antes de poseer el objeto de mi deseo. Me permitía ser embriagado por su aroma mustio, sentirlo pulsar casi rozando mis labios. Entonces venía el beso agrio en una boca hecha un charco de saliva, dejarle saber que lo amaba.

Lo dejaría ir a toda prisa sin despedirse después de sujetar mi cabeza y vaciar su esencia en mi garganta, de temblar y soltar ese quejido mudo. Uno solo.

Yo saldría detrás, un poco distante para verlo huir por la puerta, verlo alejarse por la acera y cruzar la calle mirando por todos lados menos atrás. Llegaría a casa, le comentaría a mi madre tirada en el sofá mientras veía alguna novela vieja en televisión que volví a ver a mi padre. Ella me diría lo de siempre: que esperaba que yo no le hubiera hablado, que no le hubiera dicho ni el adiós porque ni eso se merecía ese desgraciado borracho.

—No, madre, no le dije adiós.

Actor comediante, escritor, columnista y activista social. Posee estudios universitarios en Administración de Empresas e Informática. En el año 2008, escribió el poemario *Vuelo en Libertad* y, en 2011, recibió una mención especial en Almería, España, por su poesía *Embalsa, primer llanto Almeriense de Guadalquivir.*

francisco j. cartagena méndez
(Puerto Rico)

un sueño al deseo de sus cuerpos
francisco j. cartagena méndez

Un día, el Sol atrapó un lamento que fue robado durante la noche por la Luna. Dama blanca a la que habían nombrado los vientos caribeños como cómplice y ladrona de las tristezas fehacientes
e injustas. Yo desperté cantando junto la sinfonía que provocó el
alba entre los estambres de las flores, los riachuelos y el viento de
la mañana. «Eres el lucero que acompaña mis amaneceres cuando, desnudo y hedonista, despierto imaginándote. Estrella que
recoges del alba mis eróticas canciones, vuelas al azul en espera del
ocaso que no oculta de mí todo lo que te deseo. Quien ama entre
cadenas, coloca la serpiente del temor en el cuello del alma y
ahorca sus propios sentimientos». Fueron esos los versos que pensé la fría madrugada de diciembre cuando le contaba a la Luna.
Ella se hallaba oculta entre las nubes del desespero, el profundo
amor que le tenía a mi amigo Alfredo. La noche se había repartido
ya el derroche humano y los lamentos entre las estrellas que todo
lo saben y las lunas de ajenos planetas que alumbran el pasado.

Amo a mi amigo con la cordura de desearlo hasta la locura, o
en mi atrevida imaginación que lo recrea ante mí desnudo. Lo
amo con un beso falso que estremece mis labios, y con mi insulsa

realidad, también enloquecida. Lo deseo al pie de Platón, entre diálogos ocultos aún el sentido común me dictamine lo contrario, entre protágoras añoranzas de tenerlo a mi lado; más sin virtud y gloria queda mi canto, y mi canto se queda con mi deseo, y mi deseo duerme en su sonrisa.

Es la sonrisa de Alfredo el recuerdo primero que tengo de este amor profundo que por él siento. Tiene él una sonrisa creadora de suspiros y amaneceres de erectos pasionales.

La mañana en la que el Sol atrapó mis lamentos, desperté todo erguido y mojado por el río del deseo que, tan asiduamente, sale fuera de cause desde mi hipotálamo, descontrolando totalmente la temperatura de mi cuerpo. Hasta mis gónadas masculinas van acelerando mis hormonas de testosterona, provocando tambores y fiestas en mis testículos.

Me levanté a las siete con pronunciadas ojeras, falda de mis ojos entristecidos. Intenté ser discreto. Debí salir del cuarto y llegar hasta el baño de mi casa sin que mis hermanos o mi padre avistaran que no lograba aclarar mi mente y, por ende, dejar de tener el pene erecto. Me lo coloqué de lado, dentro del calzoncillo, pegado del muslo. Me vestí el pantalón y, tras un suspiro más, afronté otra batalla al llegar al baño. Cientos de versos invadieron mi mente. Al mismo tiempo, el recuerdo de lujuria y pasión letárgica exigió saciar con mi mano aquella vivencia, la que tanto disfruté mientras dormía. «Si espero más, puedo ir olvidando los detalles importantes de cuando le hice el amor». Sin embargo, continué erecto. «Es ahora», me dije. Fui primero al baño a darme una ducha. Y luego de aventurar por los caminos de mi cuerpo, que acarició la embalsa de agua fría, en mi escroto duro como piedra volcánica se coligaron millones de espermatozoides que provocaron vapor de neblina.

Lo amé una vez más tal como llevaba meses haciéndolo, con mis manos. Luego de erupcionar, sequé mi cuerpo. Fui a la cocina y me serví un vaso de *diet coke,* mi segunda droga luego del cigarrillo.

Yo, un joven erótico que he visto despertar la primavera en veinticinco ocasiones, me encontré frente a mi escritorio escribiendo

sobre los rayos del Sol. Esos que calentaban a diario la vana esperanza de atreverme a confesar, algún día, mi amor a Alfredo:

Los besos nacieron con tus labios, la belleza se eleva con tu cuerpo;
no sabes cuánto te he deseado y cómo en lujuria voy sediento.
De tu anatomía me siento preso, se enciende y aviva la excitación;
mis manos han tocado ya tu flor, no reconozco de espacio ni tiempo.

Como fiera te he devorado y te di caricias, te besé, te volteé;
introduje en ti toda mi grandeza, y el sudor se impregnó piel con piel.
En placer un volcán hizo erupción. ¡No sabes cuánto te he gozado!
y que en un bello sueño apasionado, amigo mío, te hice el amor.

Alfredo es un joven de baja estatura con una sonrisa forjada por
el mismo Sol. Cuando sonríe, sus cachetes se pronuncian como
chinas mandarinas, irresistibles a un mordisco. Tiene el pecho
semiatlético y unas nalguitas paraítas. Su mirada es compleja. En
ocasiones pienso que sus ojos ven mi deseo; otras veces, lastima mi
ilusión momentánea cuando su mirada recorre a su novia. Alejarme de esa arpía (su novia) y en el intento de describir a uno de los
pocos hombres que ha despertado en mí un universo de sensaciones, resumo su belleza en un pensamiento que surge de su anatomía: «Todo lo que podría hacer yo con ese macho». Mientras
tanto, sigo enviando señales de humo a Alfredo. Entro a su *Face-
book* y «likeo» todas sus fotos. Mi amigo «heterosexual» debe de
avistar a diario, al menos, cinco o seis de sus fotos con mis *likes*.
¡Coño ya debe saber lo mucho que lo deseo!

Alfredo sabe que yo soy homosexual. ¡Ufff!, eso es lo más sexy
que tiene mi amigo. Me acepta como soy. Siento que tengo dos o
tres puntos a mi favor. Sabe que soy escritor y versificador del erotismo masculino. Quizás él, como otras personas, pudiera llamarme bellaco en vez de erótico o apasionado, ya que siempre he
amado escribir. Lo hago diariamente. Ese pensamiento casi colectivo sobre mi bellaquera surge quizás porque la mayoría de mis
poesías o escritos son de temática erótica, lo que no me hace un bellaco. Quizás sí lo sea. Desear a mis amigos heterosexuales me crea
sangre y tinta caliente, versificaciones eréctiles, sueños mojados,

versos en los que —como fiera— los amo a todos tanto como Alfredo. Mi amor desnutrido de gallardía me hace suplicar sueños y mis sueños eróticos me vuelven un versificador de pasiones y pieles heterosexuales. Es simple la ecuación, al menos para mí.

Al comienzo de nuestra amistad, narraba a mi amigo Alfredito —¡que, curioso!, me preguntó sobre una de mis columnas sobre homosexualidad, publicada en un periódico de la isla— que comencé a escribir a los trece años, cuando cursaba el octavo grado escolar. Le conté que escribía versos pequeños cuando me nombraron presidente del periódico escolar en una escuela de Levittown, costa perteneciente a Toa Baja.

La charla —muy amena— se tornó caliente cuando hablamos de política. Le conté que yo era izquierdista, de los que por todo protestan y odian el colonialismo aunque utilicen su moneda. Con Alfredo yo hablo de estas cosas y siempre terminamos discutiendo. ¡Cuánto amo verlo molesto!, lo confieso. Resalta su masculinidad.

Yo sentía un vacío en mi piel. Era un joven gay hambriento de caricias. Mis tiempos de picaflor promiscuo habían expirado a los veintitrés años. Llevaba yo dos años sintiéndome casi asexual. *De versos y sueños no se mantiene el cuerpo*, pensaba. Vivía un descontrol hormonal; sentía, cada vez que respiraba, que inhalaba bellaquera y exhalaba queso. Mis manos necesitaban descanso, pues andaban agotadas de pedir pon pal cielo. Así que, cuadré un encuentro sexual con un muchacho que conocí en una red social. Nos encontramos en el estacionamiento de un centro comercial y fuimos a un motel. En el primer cuarto, encontramos las sábanas enlechadas y la cama hecha un desastre. *¡Coño quienes jugaron en este cuarto tuvieron que haber gozado!*, pensé. Buscamos otra habitación limpia ante la mirada indiscreta del joven cobrador del motel.

Rafito era guapísimo. Al verlo desnudo, sentí que mis venas se dilataron. Mi amor por Alfredo pasaría, al menos durante cuarenta y cinco minutos, al olvido. Mi sexo despertaba; ejercía una fuerte presión dentro de mi pantalón. El macho me preguntó si me quedaría vestido o si meteríamos mano. Me colocó en el lateral de la cama, de frente a los espejos del cuarto. Comenzó a besarme el cuello y a morder mis labios. Yo besé su sonrisa tan hermosa como la de Alfredo. Sus labios me acordaban a Angelina Jolie, una de las pocas mujeres que me provocan ricas pesadillas heterosexuales —¡perra!, ¿por qué tenía que aparecer en mi mente en ese momentos?—. Logré alejar mi séptimo sentido, el «homoheterosexual», ante la Tom Raider y entré en espacio y tiempo real; iba tener sexo con uno de los hombres más hermosos que había visto en mi vida.

Diez minutos después de haber entrado al cuarto, yo seguía con ropa. Entonces, Rafito pegó su pene a mi mahón que, de tres pulgadas se había estirado erecto a unas cinco o seis pulgadas venosas. Me agarró el huevo y me lanzó una sonrisa mezclada con ruego: «Quítate esa ropa ya, quiero mamártelo», dijo. Me quitó la camisa y devoró mi pecho. «Llevaba tiempo deseando tus tetillas tan ricas», exclamó. Yo, con un suspiro, agarré su cabeza al mismo tiempo que me quitaba el pantalón y los calzoncillos ya mojados. «Querías mamar, es todo tuyo», lo sentencié emocionado. Su boca encalló en mi pene como si lo hiciera en la isla Asterias, pero no pretendía él huir ni de Zeus ni del Olimpo; buscaba provocar a los dioses ocultos en mi cielo erótico y escuchar un arpa en mis cuerdas bucales. Le canté el más glorioso cántico de gemidos. Los truenos de Zeus ardieron en mi entrepierna. Mordió mis muslos, saboreó mi escroto y dominó mi miembro. Yo hice lo propio con él antes de virarlo de espalda y ponerlo en cuatro. Primero dominé con mi lengua su espacio anal. Escucharlo cantar el placer me inspiró devorar más y más; y, tras la colocación de un profiláctico, planté mi tallo endurecido entremedio de sus nalgas redondas. Recordé los versos que le había escrito a Alfredo esa mañana:

Como fiera te devoré y te di caricias,
te besé, te volteé, introduje en ti toda mi grandeza,
y el sudor se impregnó piel con piel.

Introduje el placer en Rafito y en Alfredo hubiera querido introducir el tallo de mi alma, y esperar a que germinara amor puro y conspicuo. Que no todo fuera sexo y lujuria, sino un complemento. Seguiría viéndome de vez en cuando con Rafito, pero pensando en el deseo que sentía por Alfredo.

Semanas luego de aquel día en el que tuve sexo —una con mi mano y otra con Rafito— la belleza de otro hombre heterosexual rivalizó la hermosura de Alfredo. Su nombre era Joseph. Si Alfredo me parecía difícil de conquistar, Joseph resultó un amor imposible, más hiriente porque éramos primos.

La noche volvió estragos mi estado letárgico. No saciaría mi deseo con la mano: ese baile casi diario que mi mano entonaba como un ritual épico celebrado por pueblos que se niegan a olvidar el pasado y su identidad. De nuevo escribiría por un nuevo amor perturbado:

Te deseo más no te tengo, y aunque recolecte nubes en el suspiro del ocaso
y domine al águila muerta, o al rayo, o al roble
siempre estará la hoz del gran Cronos castrando mis lujurias de ti sedientas.
Muero en la confección de la sangre que viaja por mis venas
y que antecede a la que por las tuyas viaja.
Quedo sin Gaya, mi tierra ya no es fértil en la esperanza que vuela ciega.
Pero siempre a la ilusión aparece la gran Rea
que consiguió la nodriza del león de mis lamentos.

No huyo de Zeus, ni de Cronos, ni demás titanes, huyo de mí mismo.
De mi credo y mi locura, que desearte sea la única de mis verdades.
No será nunca capaz la razón de esta corona enamorada arrebatarme,
si te sigo soñando junto a mis labios, dándome un beso de sabor a Dioses.
Tengo tanto sentimiento guardado en este equipaje de latir enamorado,
ya ensangrentado por el peso de no saberte mío,
hoy muere mi corazón en una estrella que fugaz se lleva toda esperanza
de llamarme yo dueño y señor de tus pasiones.

Más he de seguir entonces escribiéndote alegrías en tu sonrisa de sol,
pasiones en tus labios y lujurias en tu cuerpo, ese que tanto deseo.
Te llevo hoy en un verso de ilusión aun esperanzada.
Si pudieras escribirme tú a mí una canción de esas de finales felices,
en donde el último verso termine con un te amo de tus labios,
entonces podría morir tranquilo, al saberme haber vivido
verdaderamente entre las pieles que más deseo.

También escribiría un último verso para Alfredo antes de intentar lograr la gallardía de convertir a mis dos machos heterosexuales en tinta de olvido. Sentí que no podía seguir escribiéndoles si versificarlos engrandecía mis deseos. A Alfredo le dije un adiós hipócrita:

Alfredo, te hallé luminoso en el filamento de rosas cósmicas
que florecían blancas y negras,
negras como el recuerdo de soñarte dueño de mis eróticos planetas.
Alineando hormonas en mi cuerpo, soñé tus ojos como eclipse de mis lunas.

Tú mi Sol, quisiera tenerte cerca de mi lujuria,
¡quemando mi pecho con un rayo de tus labios!
y con otro erguir mi miembro.
Te canté soledades, miles lágrimas como estrellas pérdidas
en el único de mis aciertos no eres mío, aunque mío te haya hecho.

Te lloré rencores luego al caer en un planeta sin oxígeno,
ahogado en el cráter de mis sabanas mojadas,
en mis lagos blancos de madrugada, retorciendo cosmos y deseos.
Pensándote desnudo Rey de letargos, Cepheus de mis galaxias enamoradas,
Andrómeda de coronas no conquistadas u Osiris del jamás, pues no te tengo.
Seré yo quark en tanto espacio ilusionado, grande en mi enamoramiento,
miseria en mi realidad terrestre. Las rosas ya no son cósmicas,
ni blancas ni negras; son rojas pues amanece de nuevo
y un ave canta que canta el aleteo mañanero de no tenerte.

Regreso a la tierra contaminada de verdades,
al agua negra que sucumbe mi identidad y al Sol que calienta la tuya.
Ya no eres mi rey, ya no eres corona que ilumina mis gemidos,
vuelves a ser mi macho anhelado hecho todo de recuerdos.

Ha amanecido; lo denotan mis ladridos, ahí estás tú, mi amigo,
hecho todo humano, guapo de baja de estatura y ancho de labios gruesos.
No eres Alfredo el homosexual que tanto anhelo; eres como siempre has sido,
¡un macho hetero! Ya no eres Cepheus, ya no eres Andrómeda;
eres simplemente un amigo al que tanto amo en mi universo de silencios.

El silencio fue la más triste conversación que mis labios sellados pudieran versificarles a Alfredo y a Joseph. Mi garganta se enredó en las raíces de la inseguridad. Mi amor latió con deseos enmascarados que nunca cedieron ni al temor ni a la inseguridad. Me sentí arrastrar por la mugre de ilusiones cobardes.

Atolondrado por bellaqueras y amores platónicos, pensé que se me desintegrarían las letras. Me sentí poeta y loco. Mi franqueza y sinceridad me mantuvieron respirando. Soñar resultó excitante aún cuando el Sol no recogiera ya mis lamentos y no hubiera lunas que pudieran robarlos. Quedé solitario y vagabundo en un mar de letras, en la única luna que me alumbra. Una luna con dos sexos; hombre cobarde durante el día y dama blanca durante la noche, ávida de aplausos.

Continué amilanado ante mis amores imposibles, pero un nuevo ocaso llegó que llenó la noche de oportunidades. Cerré los ojos al paso de un sueño y al deseo del cuerpo.

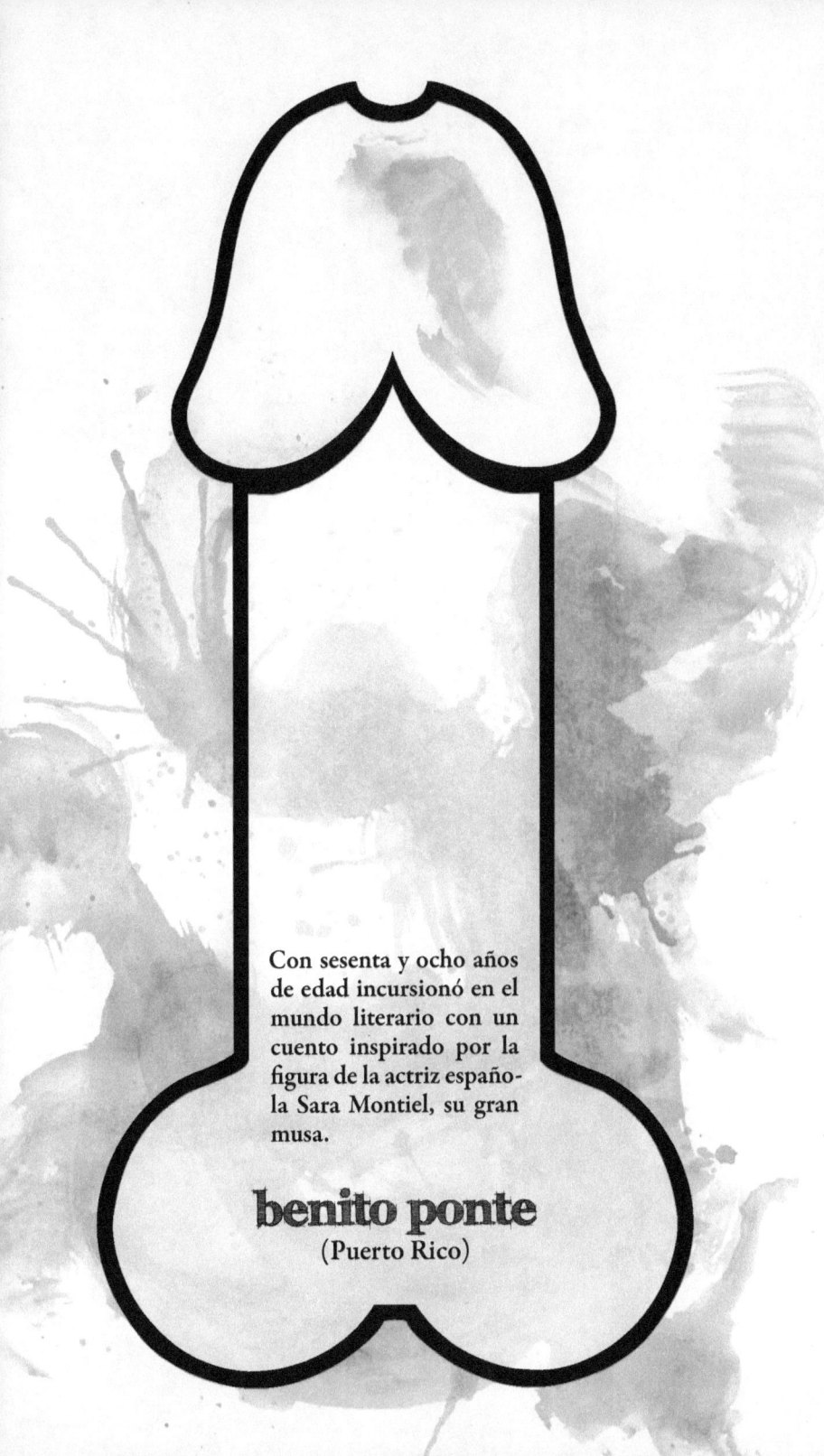

Con sesenta y ocho años de edad incursionó en el mundo literario con un cuento inspirado por la figura de la actriz española Sara Montiel, su gran musa.

benito ponte
(Puerto Rico)

verde esperanza
benito ponte

La casa de mis abuelos era de madera con un balcón de cemento. Estaba pintada de verde, «verde esperanza», según la calificaba mi santa abuela. Cada vez que yo pasaba un fin de semana con ellos, ella repetía suavemente: «verde esperanza» mientras me dirigía al baño. Entraba por un pequeño pasillo con dos armarios en cada lado. Le ponía el pestillo a la puerta, asegurándome de que estuviera cerrada. Cruzaba el breve pasillo central y desvestía mi amorfo cuerpo de niño, que pesaba doscientas libras. Doscientos dolores que cargaba mi débil osamenta de tres pies de altura.

Poco a poco, desprendía mis múltiples capas y brotaba mi carnosidad, mi gordura fofa y pringosa. Miraba el espejo y sentía temblar, ruborizado y avergonzado, mi mole inmunda. Lentamente, me dejaba llevar por voces sibilantes que me arrastraban hacia el armario de mi tía Providencia, a quien todos llamábamos cariñosamente Polla. Entraba al *sancta santorum* y me postraba frente al altar cubierto por los objetos sagrados: medias, ligas, enaguas, sostenes y las piezas de ropa de su exiguo vestuario. Sobresalía, cual cáliz sagrado, el corsé entre los efluvios de

Jabón Heno de Pravia, ramas de pachulí y el perfume Maja, que me iba mareando poco a poco, y sentía cómo mi cuerpo vibraba, anticipando los placeres venideros. Me amarraba el corsé, luego palpaba las medias de seda, que abrochaba al corsé. El roce orgásmico del refajo al caer envolvente sobre mí me producía una erección dolorosa.

Abría con sigilo la puerta del armario, me aseguraba de que el pestillo estuviera bien colocado. Después cruzaba el breve pasillo hasta el escenario cubierto de canastas de rosas de colores y alumbrado por focos rosados. Emergía la gran Diva de España... Sara Montiel... Nombre excelso. Ella recibía el aplauso delirante del gran público que ovacionaba su entrada. Las lágrimas corrían por mis mejillas mientras me dejaba seducir por los aplausos y los gritos que me obsequiaban. «¡Eres única, Maja, Reina!». Yo me desmayaba sobre el diván de seda del inodoro, sosteniendo mis pechos turgentes y enormes, que le brindaba al público. La carga explosiva que llevaba entre mis piernas quería explotar, pero yo aguantaba dedicado a ofrecer a mi público las enormes nalgas rosadas cuando abría el portal de mi ano hacia las masas delirantes. El mareo y la turbación me poseían; y, tembloroso, me recostaba en el *chaise lounge* y acariciaba mi pene-clítoris. Una suave caricia se convertía en un huracán de vientos hasta que desprendía un chorro de semen, caliente y fulgurante.

—Nene —escuché—, ¿estás bien?

—Sí, abuela, ya voy a salir...

Y la que fue la Saritísima se despojaba de su atuendo. Tembloroso por orgasmos, me quitaba con rapidez los ropajes y corría a devolverlos a su sitio. Luego, me revestía, halaba la cadena del inodoro y salía directamente a los brazos de mi Polla. Atrás quedaba, hasta otra ocasión, la Gloria pintada de verde esperanza.

Posee un bachillerato en Educación Secundaria con concentración en español, Universidad Interamericana, Recinto de San Germán. Completó la Maestría en Estudios Hispánicos, Pontificia Universidad Católica, Ponce. Varios de sus escritos han sido galardonados en distintos certámenes literarios. Dos de sus cuentos aparecen en la antología *Primicias*, publicada en 1995 por el Círculo literario Gautier Benítez de la Universidad Interamericana. En la actualidad, trabaja en una colección de cuentos titulada *Malo de los nervios*.

dennis c. villanueva díaz
(Puerto Rico)

ya rafael no va a llegar

dennis c. villanueva díaz

> *¿Y qué tiene de malo ser blando como una mujer?,*
> *¿por qué un hombre o lo que sea, un perro, un puto,*
> *no puede ser sensible si se le antoja?*
>
> **Manuel Puig**

Ya le prendiste la vela a San Miguel, a Santa Bárbara, a San Antonio y a Elegüá; lo que no haga uno lo hará el otro. Y también enterraste las tijeras abiertas en el portón de la entrada de tu casa para que corte todo el mal que puedan desearte, especialmente, el que venga de la Karla. Puede que ella te haya echado mil maldiciones después del espectaculazo que te montó por el amor de Rafael.

Los vecinos se arrimaron a las ventanas.

Uno que otro buscó excusas para salir y ver desde primera fila. ¡Total! ¡Te importa un carajo! No es la primera vez que sucede. Llevan años con el mismo sonsonete. Se debaten por el cariño de Rafael, ese hijo de puta que está tan bueno y que se aprovecha de ambos. ¡Y lo peor es que él lo sabe! ¡Pero que se joda! Lo importante es tener a Rafael, ese flaco que lo tiene grande y te pone a mil. Rafael es cariñoso y chulo cuando se lo propone; y le conviene, y tiene el cuero duro para aguantar las habladurías del barrio. Ya no le pesan los comentarios de que es un bugarrón interesado en vivir de ti. En el fondo, estás seguro de que te quiere a su manera. Si hasta te besa en la boca cuando está picado... Tú lo entiendes a él mejor que ella. Le tienes la comida calientita, las cajetillas de cigarrillos sobre la mesita al lado del sofá, las cervecitas friítas en la nevera para que se las tome viendo películas, y el par de pesos para que pase la semana. ¡Ah, y el carrito que le compraste para que no ande a pie!

Lo que tus amigos piensen de Rafael ya no importa. Hace tiempo se convencieron de que él es el hombre de tu vida y que tu amistad es incondicional. Tan pronto se enteren de la nueva pelea, te llamarán para que los acompañes a Boquerón a darse cuatro palos y joder la pita. Disimuladamente, tratarán de que, en el candor de la noche, te fijes en otro. Pero entre el gentío lo que verás son locas y tú lo que quieres es un hombre. Sabes que su relación con Karla te da la certeza de que Rafael lo es. Y aunque él se vaya por unos días, siempre vuelve a ti porque tú suples sus necesidades. Ella es la que sale perdiendo; depende del bienestar social. Los hijos que tiene no son de Rafael —el pobre necesita su espacio, estar tranquilo, relajado, a gusto y bien atendido—. ¡Y esto solo se lo ofreces tú!

Te jodes con dos trabajos, pero esa mujer no parece entenderlo. A veces, se hace de la vista larga; otras, se pone histérica y viene a tu casa a reclamar lo que cree suyo. Forma escándalos a la vista de todos. Esta vez, llegó con el *dubbie,* chancletas metedeo, una *top,* uñas Britto y un pantalón corto que le marcaba las guaretas y dejaba al descubierto sus piernas flacas. ¡Ella te dijo «Pato sucio» y tú le dijiste «Putipuerca». Ella te gritó «Maricón de mierda». Tú le gritaste «Bolloloco». Ella te bramó «Mamabicho». Tú le bramaste «Fleje». ¡Y ella amenazó con darte una pela y tú la amenazaste con llamar a la policía!

Entre alteraciones de nervios, intercambio de improperios, finalmente, se marchó, no sin antes decirte que eres una «loca fea y gorda» y que te alejaras de su macho ya de una vez.

El suceso te produjo pena...

El macho es tuyo.

Ya encendidas las velas, elevadas las plegarias e invocada la trenza de tu abuela, acuéstate a dormir tranquila que él regresará a ti tarde o temprano para darte su cariño. Pero esta noche, esta noche Rafael no va a llegar.

Mitad italiano, mitad dominicano, y chileno de corazón, estudió Administración Hotelera y trabajó durante años en una línea aérea. Se destacó luego como profesor de yoga, tarólogo, terapeuta alternativo y escritor. Es autor de las novelas *Feliz cumpleaños, te quiero*, *Días felices* y *Adagio*, publicadas en Santiago, Chile, donde vivió durante años; y *Este amor que hay que callar*, publicada en España.

eduardo garcía
(República Dominicana)

visita a mis tíos
eduardo garcía

Al cumplir mis dieciocho años, mis tíos de Santiago me invitaron a pasar un fin de semana en su casa. No los veía desde que era niño; así que, viajé feliz en autobús hasta allá. Mi inmensa alegría, más que por ver a mis tíos y primos, era pasear por Santiago, esa gran ciudad que tanto había crecido y a la que no visitaba desde hacía al menos ocho o nueve años.

En la estación de autobuses me esperaban mis tíos, a quienes reconocí por la hoja con mi nombre escrito a mano con letras grandes y desiguales que estrujaban y movían de un lado para otro frente a la cara de todo chico joven que pasaba frente a ellos. Los encontré mucho más viejos de como los recordaba. Ellos me encontraron muy flaco. Ese era mi mayor complejo, lo delgado que era. El otro complejo era el tamaño enorme y monstruoso de mi polla. Incluso cuando, con los compañeros del liceo donde estudiaba, nos masturbábamos en grupo, todos se burlaban de mí y me apodaron «la manguera».

Llegamos a la casa de mis tíos en el barrio de Ñuñoa y allí saludé a la Cata, mi prima. Gorda mórbida, con las cejas exageradamente pobladas, el pelo largo, negro y reseco. Llevaba len-

175

tes de ver muy gruesos y tenía un aliento fétido que, posiblemente, ni ella misma se soportara. Fue muy fría e indiferente, pero esa noche iba a tener que quedarme en la casa solo con ella porque mis tíos tenían un compromiso previo que no podían cancelar, y mi primo estaba en Valparaíso y no llegaría hasta el día siguiente.

Después de que mis tíos se marcharon, me quedé viendo la tele con la Cata. Ella tenía la misma edad que yo, pero parecía mayor. Empezamos a ver el programa «Animal Nocturno», con Felipe Camiroaga, quien tenía el cuerpo que a mí me encantaría tener: fuerte y velludo.

De repente, la Cata olvidó el programa por completo y, mirándome con sus ojitos inteligentes de rata de biblioteca, me confesó que era adoptada, que no lo dijera a nadie porque era secreto de familia. Que sentía que sus padres, aunque la habían acogido, no la querían.

—Ellos no saben que yo lo sé —continuó contándome la Cata mientras yo trataba de poner cara de circunstancia, sin demostrarle que no me importaban sus orígenes—. Me lo contó una tía que vive en Coquimbo y vino unos días de visita a la casa. El Seba sí que es hijo de ellos, por eso lo adoran.

—¿Quiénes son tus verdaderos padres, lo sabes? —le pregunté sin mucho interés y con deseos de continuar viendo la tele.

—Pues no lo sé, solo que murieron en un accidente y como no tenían a nadie más, mis supuestos padres me acogieron por lástima.

Continuó con sus confesiones y me dijo que, a veces, sin que este se diera cuenta, observaba desnudo al Seba mientras se duchaba. Incluso, a veces, lo veía masturbarse en la ducha. Me dijo también que su familia tenía mucho dinero, pero que eso a ella no le interesaba en lo absoluto. Yo la miraba aburrido sin ver un posible final en esta conversación. Me pregunté si para eso había viajado tantas horas hasta Santiago, para escuchar los lamentos de una chica frustrada, resentida y acomplejada. Entonces me preguntó si yo haría cualquier cosa por dinero, y yo le dije que dependía de qué cosa. Me pidió que la dejara tocarme la polla. Yo, por mis complejos, nunca había tenido sexo y nadie antes me había tocado el cuerpo, y mucho menos la polla. Pero la vi tan desesperada que accedí.

La Cata me abrió con dedicación y esmero el pantalón y, al ver el tamaño de lo que salía de allí, pareció volverse loca. Lo chupó con desesperación. Lo observaba, lo tomaba entre las manos y parecía que no sabía qué hacer con tanta carne. Me besó, me abrazó, me dio las gracias, volvió a chuparlo. Arrodillada frente a mí, los ojos se le desorbitaban entre deseo y placer. Me ofreció más dinero. Se desnudó, se sentó sobre la polla y la introdujo entera dentro de ella. Gritó, lloró, rió estruendosamente, me suplicó que le dijera que la amaba. No sé qué tiempo estuvimos allí, entre sus chillidos, llantos, lágrimas de felicidad, confesiones de amor y mi asombro total. Era la primera vez que tenía sexo con alguien y no sabía que se perdía toda la compostura y toda la cordura en un momento así.

La mañana siguiente me despertó mi tía. Me dijo que el Seba aún no regresaba, que mi tío había ido a nadar como hacía todos los sábados y que la Cata había salido muy temprano a estudiar. Me trajo el desayuno a la cama y, mientras yo untaba un poco de aguacate al pan tostado, ella se sacó sin ningún pudor la ropa frente a mí. Debe de haber tenido unos sesenta años, pero se mantenía en forma. Pezones rozados, tetas caídas, delgada y con algunos pellejos que colgaban y nada había que hacer con eso. Me dijo que mi tío ya no la deseaba, pero que ella todavía tenía mucho para dar, que aún podía sentirse viva y que estaba frustrada por eso.

—A veces sospecho que tu tío tiene una amante y, por eso, ya no me toca, ni siquiera me mira. —Yo la miraba sin saber qué responderle.

Me pidió que la tocara y la acariciara. Dejé el desayuno casi intacto a un lado y la complací. Al notar mi erección, no lo dudó ni un solo instante y se abalanzó sobre mí, aferrándose a mi polla. Me dijo que tenía mucho dinero y que con ella no me faltaría nada, que me quedase a vivir con ellos... Y que no dejara de moverme... Y así, así..., y qué rico..., y que nunca en su vida había visto algo tan grande como mi polla..., y que hacía años que no disfrutaba tanto..., y que acabara dentro de ella, que la preñara... y ¡AY, AY, AY!

Poco después llegó el Seba. Yo aún estaba terminando el desayuno después de darle placer a mi tía y de llenar un poco más mis bolsillos con dinero. Me saludó muy cariñoso, tomamos el coche y me llevó a recorrer Santiago para que viera lo moderno y bonito que estaba. Todo el tiempo hablaba de las chicas con las que había estado y de las cosas que hacía con ellas. Estaba estudiando psicología y le iba muy bien en sus estudios, por eso se podía dar el lujo de disfrutar de la vida y darse sus escapadas a Valparaíso y a Viña del Mar.

En la noche, el Seba me invitó a una fiesta en casa de sus amigos. Me dijo que iba a estar muy divertida y que todos eran muy simpáticos. Pero cuando llegamos, aún no había llegado nadie más. Recalcó la impuntualidad chilena que nada tenía que ver con la inglesa. Poco a poco empezaron a llegar sus amigos, pero las chicas de las que hablaba todavía no llegaban.

El Seba se empeñó en que tomase unos preparados con un sabor muy extraño, pero como era mi primo, lo tomé confiado. Lo que siguió fueron imágenes rápidas, borrosas, como en sueños. Había muchas chicas y todas reían y se sentaban sobre mí. Yo estaba desnudo y sentía el contacto de muchas otras pieles. Desperté desnudo sobre el sofá. Estaba con un fuerte dolor de cabeza y la polla enrojecida y adolorida. Sentía la piel pegajosa y mi cuerpo olía a orina y a otros olores corporales que no supe identificar. Tenía también costras blanquecinas por todo el cuerpo. Alrededor mío, otros cuerpos desnudos parecían dormir. Las chicas, al parecer, ya se habían marchado, porque veía solamente a los amigos del Seba. Busqué rápidamente el baño y me duché. Al salir de allí, mi primo me esperaba ya despierto y me felicitó, me dijo que follé a muchas chicas como una bestia. Le dije que yo no recordaba nada y sonrió.

Cuando el Seba me llevó de regreso a la casa, aproveché para dormir un rato más pues continuaba con dolor de cabeza y de cuerpo. Al despertar algunas horas más tarde, fui a la cocina; me moría de hambre. La casa estaba en silencio, parecía no haber nadie. Mientras tomaba una leche con chocolate, mi tío apareció en la cocina. Me dijo que todos habían salido y que no volverían en un buen rato. Como yo era del lado pobre de la familia, me ofreció dame dinero si le permitía tomarme unas fotos desnudo. Me explicó que estaba en un curso de fotografía y que necesitaba entregar una tarea, que era la de fotografiar a alguien desnudo. Accedí.

Fuimos a su habitación. Me desnudé por completo y él empezó a tomarme fotos desde todos los ángulos, sobre todo de mi polla. Me ofreció más dinero si lo permitía tocarme y le dije que sí. Mi tío temblaba y su cuerpo sudoroso parecía estremecerse.

—Te confieso que tu tía es una mujer muy fría, ya no me atrae. Seguimos juntos solamente por las apariencias y nada más. Incluso dormimos en habitaciones separadas, pero esto nadie lo sabe —me contó mientras adoraba mi polla.

Con la boca húmeda y llena de espuma, mi tío me pidió que lo penetrara, que me daría mucho dinero por eso. Yo lo dudé, pero lo vi tan ansioso y desesperado que lo complací. Para tener setenta años se conservaba bien, aunque tenía la piel ajada y muy seca. Después me pidió que lo golpeara, que lo escupiera y que le dijera que era una perra y una puta. A mí me pareció aquello muy extraño, pero lo hice. Me pidió que acabara dentro suyo y que no desperdiciara ni una sola gota.

Como ya me iba esa noche, empecé a empacar mis cosas para irme a la estación de autobuses. Escuché unos sollozos que me llevaron hasta la habitación del Seba. A quien encontré allí fue a la Cata, que lloraba frente a la televisión. ¡No podía creer lo que veía en aquellas imágenes! Ahí estaba yo, sentado desnudo mientras hombres vestidos de mujer se sentaban sobre mi polla y acababan sobre mí. Me besaban, reían y me orinaban encima. La Cata me miró con asco y me preguntó que cómo fui capaz de hacerle eso, que ella me amaba, que yo era el hombre de su vida y le había destrozado el corazón y acabado con sus deseos de vivir, que era el peor de los monstruos. Salió de la habitación con los ojos llorosos. ¡Esa grabación la había hecho mi primo la noche anterior! Me había drogado y había hecho con sus amigos lo que había querido conmigo, y para colmo lo habían filmado. Saqué el video y al lado vi otro que decía «Cata». Lo entré, apreté PLAY y lo que vi me sorprendió aún mucho más. Mi prima estaba atada con sogas mientras el Seba y otros chicos la penetraban, la golpeaban y le gritaban todo tipo de insultos. No quise ver más, lo saqué y me los llevé los dos. Quería salir cuanto antes de aquella casa llena de frustraciones y deseos oscuros.

No me quise despedir y me fui en taxi a la estación de autobuses. Mientras esperaba, me dieron deseos de orinar y entré al baño. Cuando estaba orinando, me di cuenta de que el señor que estaba a mi lado intentaba ver mi polla; así que, le facilité la tarea y le permití verla. Se presentó y me dijo que deseaba hablar conmigo. Salimos del baño para poder hablar. Me contó que él no tenía erecciones y que me necesitaba para darle placer a su esposa, que él estaba enamorado de ella pero no podía satisfacerla sexualmente. Le dije que no podía, que ya me iba y que estaba a punto de perder el autobús. Me ofreció comprarme uno para otro día y, además, pagarme muy bien por mis servicios. Que me quedara con ellos por unos días y que después me marchara con más dinero en los bolsillos.

—Incluso tengo un par de amistades a los que les encantaría utilizar tus atenciones, y lo pagarían muy bien.

Tenía el autobús frente a mí y estaba a punto de partir. Era cosa de segundos decidirme si me quedaba o me iba.

—Solo por un par de días, por favor, podrías salvar mi matrimonio —repitió el señor, mirando atónito el bulto que se me hacía en el pantalón.

El autobús partió enfrente de mí. Lo perdí. Miré entonces una vez más al señor que continuaba observando en silencio y con clara desesperación el bulto entre mis piernas, sus labios mojados con saliva. No tuve que pensarlo más. La decisión ya estaba tomada.

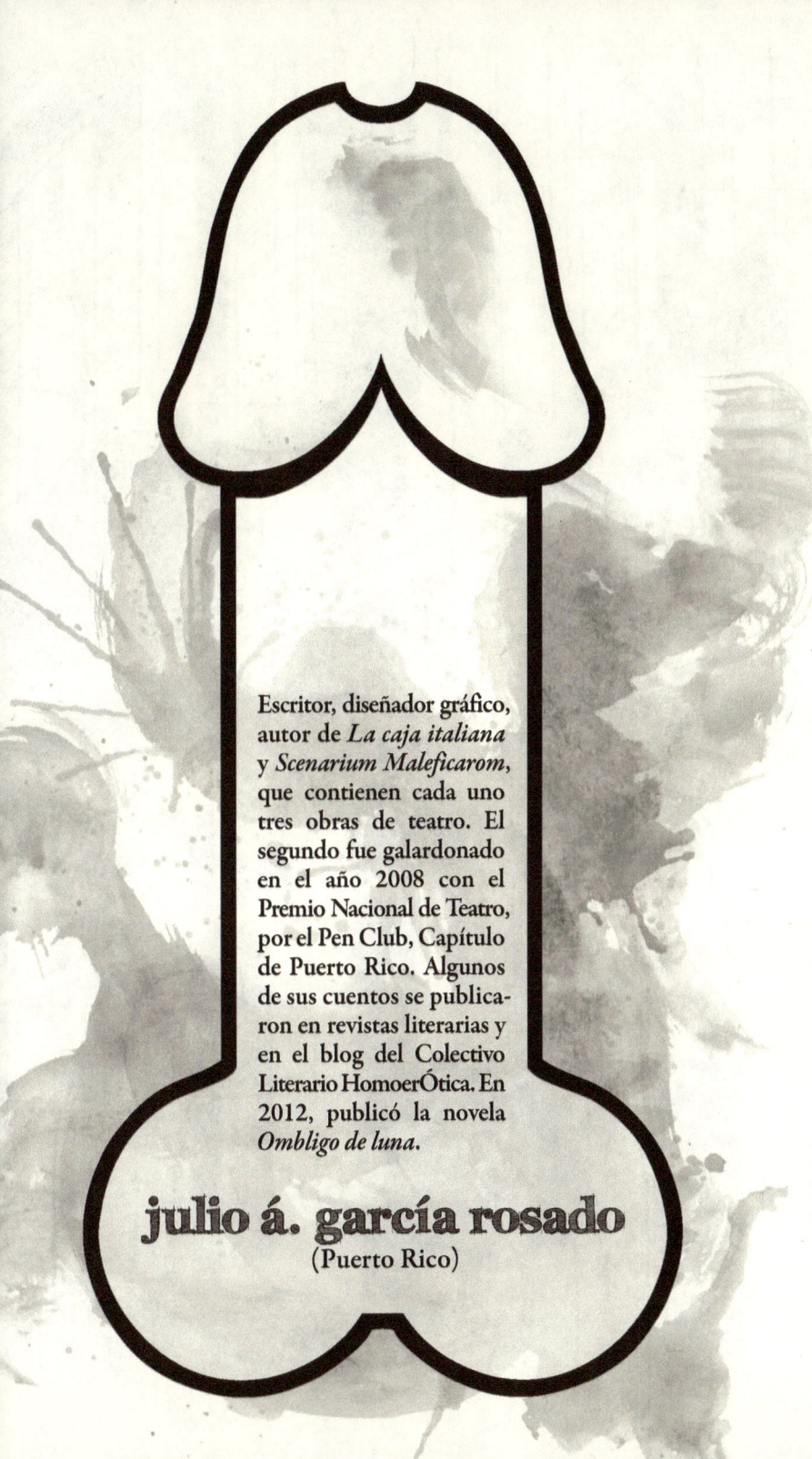

Escritor, diseñador gráfico, autor de *La caja italiana* y *Scenarium Maleficarom*, que contienen cada uno tres obras de teatro. El segundo fue galardonado en el año 2008 con el Premio Nacional de Teatro, por el Pen Club, Capítulo de Puerto Rico. Algunos de sus cuentos se publicaron en revistas literarias y en el blog del Colectivo Literario HomoerÓtica. En 2012, publicó la novela *Ombligo de luna*.

julio á. garcía rosado
(Puerto Rico)

el mejor pana del mundo

julio á. garcía rosado

Tú sabes que yo soy medio pendejo pa esas cosas, pero esa noche como que fue distinto.

Tú eres un nene bien lindo.

¿Alguna vez te lo han mamado?

No dije na. Le quité el vaso vacío y le serví otro. Como si algo me poseyera, de momento me le acerqué.

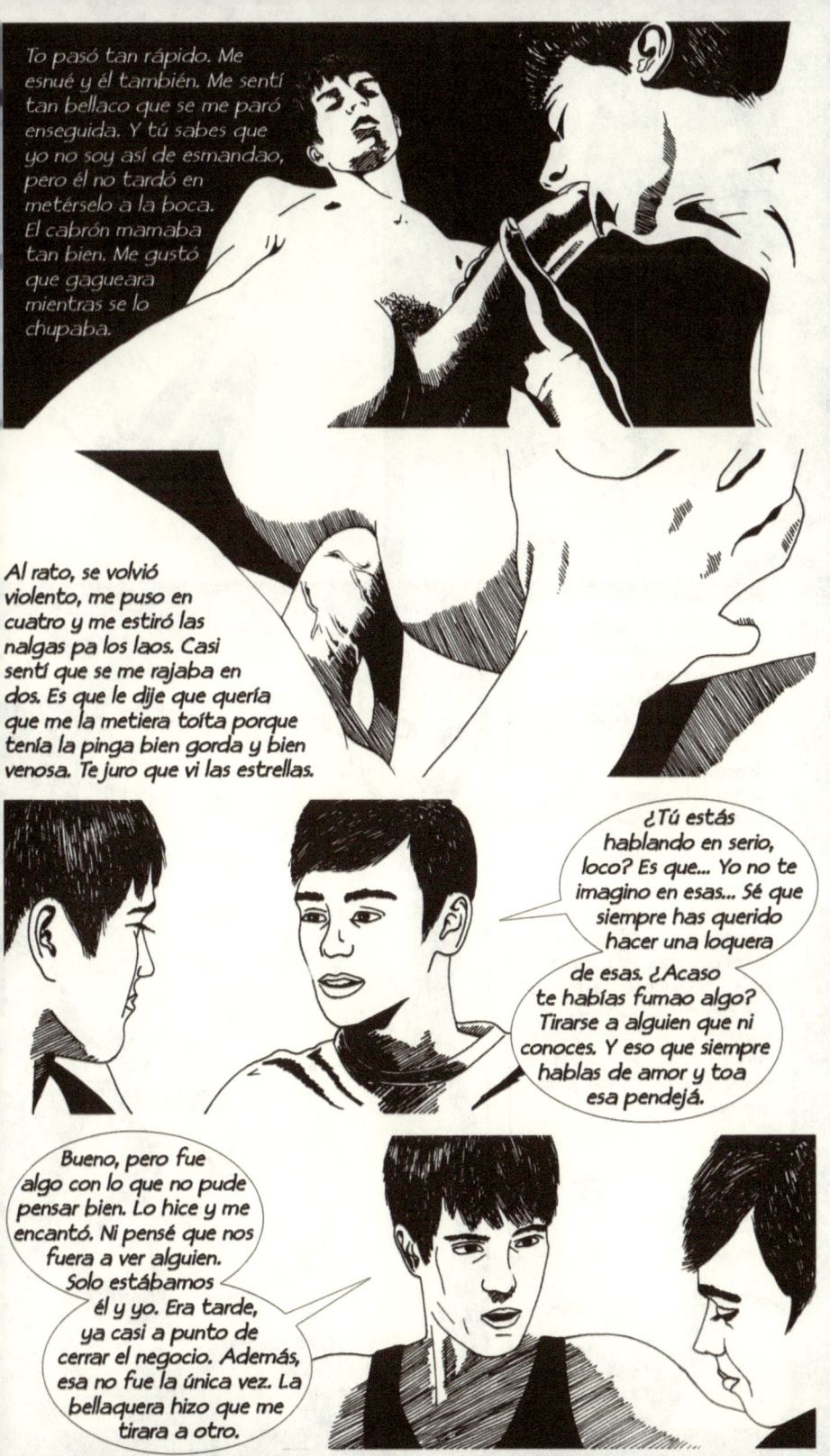

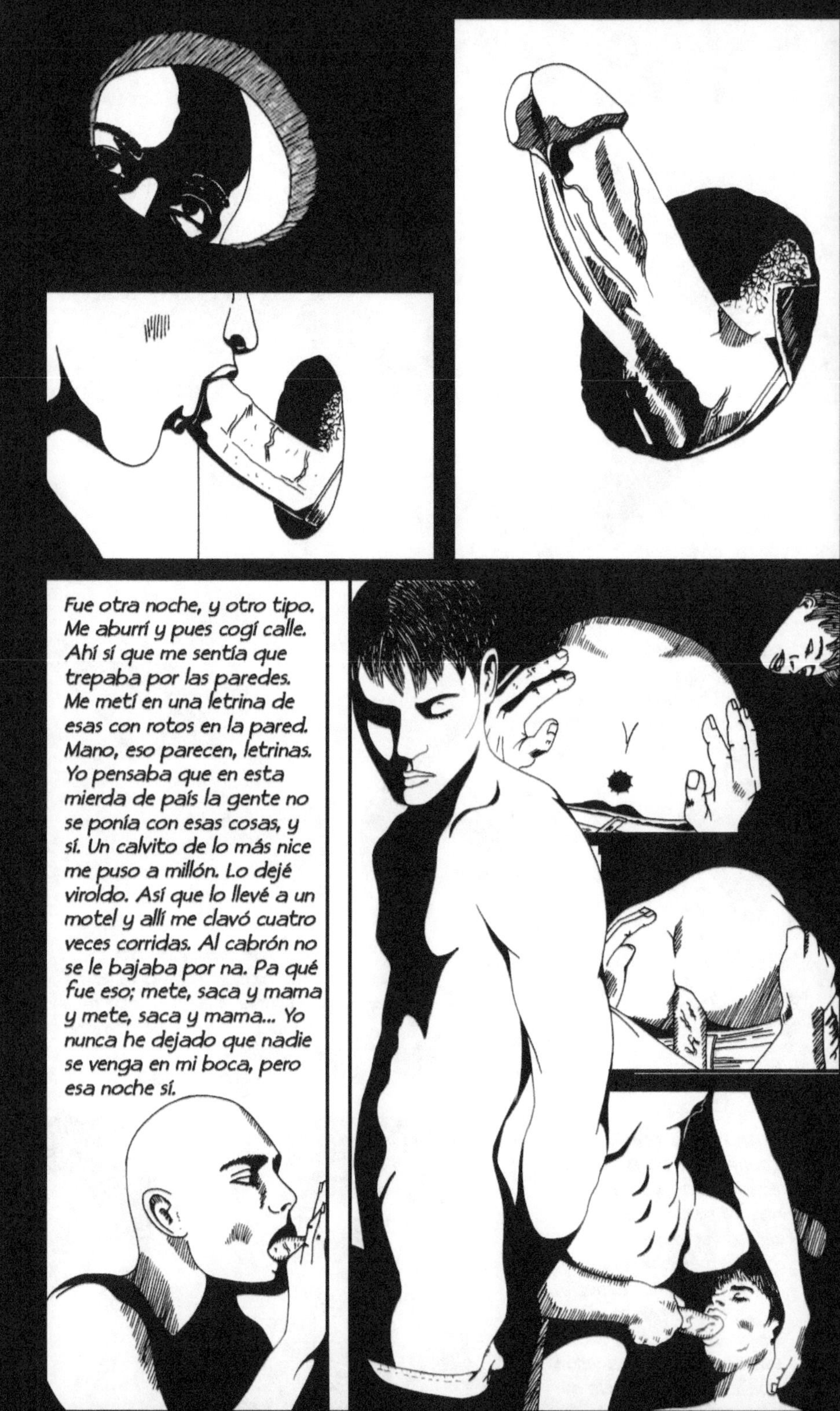

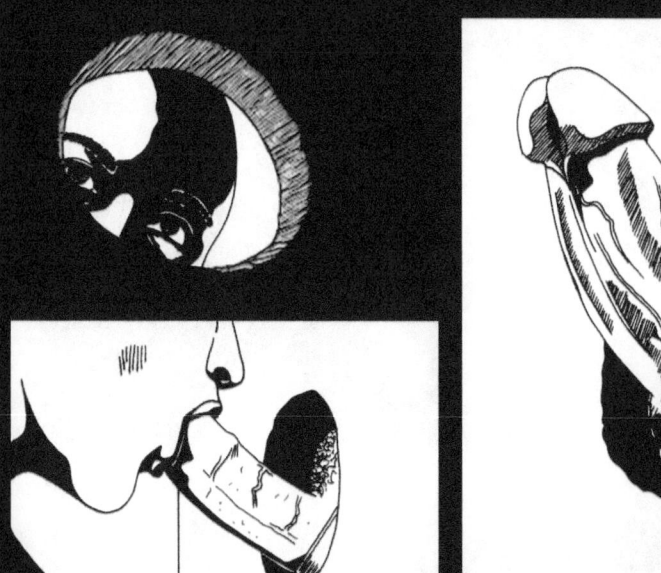

Fue otra noche, y otro tipo.
Me aburrí y pues cogí calle.
Ahí sí que me sentía que
trepaba por las paredes.
Me metí en una letrina de
esas con rotos en la pared.
Mano, eso parecen, letrinas.
Yo pensaba que en esta
mierda de país la gente no
se ponía con esas cosas, y
sí. Un calvito de lo más nice
me puso a millón. Lo dejé
viroldo. Así que lo llevé a un
motel y allí me clavó cuatro
veces corridas. Al cabrón no
se le bajaba por na. Pa qué
fue eso; mete, saca y mama
y mete, saca y mama... Yo
nunca he dejado que nadie
se venga en mi boca, pero
esa noche sí.

Después de ese día, no me pude controlar.
Solo pensaba en comer culo..., o que me lo
comieran, sin importar quien fuera. Me metí
en Internet y contacté a cualquiera que
fuera tanto o más bellaco que yo.

... en la cabeza. Gente que lo único que quería era pasarse un buen rato con otro macho que está feliz de la vida con lo que Dios le dio. Gente de tos los colores y formas... Flacos, negros...

... a tos me los gocé; me los bebí y me bebieron. A algunos los traje aquí al apartamento. Otros se fueron a juste hasta en el monte.

Incluso, me tiré a dos dominicanos a la misma vez. Ellos eran pareja, y me llevaron al apartamento que compartían.

Esos dos sí que eran unos locos del carajo. Mano, dos machos súper fiesteros. Conmigo probaron lo que ni tu mente hetero jamás podría imaginarse.

La verdad que sentir dos pingas en el culo es la mejor sensación del mundo. Y Si tú fueras gay, tal vez entenderías; así que deja la mierda. No me mires así.

Fotos de actividades
(Memorias)

1ra. Presentación. Teatro Coribantes (2013)

Max Chárriez, Julio Á. García y H. Roberto Llanos

Peter M. Shepard y Max Chárriez acompañados por un lector admirador

Dennis C. Villanueva, Arnaldo Alicea, Edgardo Guerrero, Max Chárriez, Joey Colón, H. Roberto Llanos, Yolanda Arroyo, Julio Á. García, Peter M. Shepard y Radamés Vega

Max Chárriez

Arnaldo Alicea, Edgardo Guerrero, Alexis Pedraza, Max Chárriez y Julio Á. García

H. Roberto Llanos, Dennis C. Villanueva, Max Chárriez, Alexis Pedraza, Julio Á. García, Joey Colón, Arnaldo Alicea

Radamés Vega, Peter M. Shepard y Julio Á. García

Charla en Proyecto Nosotros

NombreApellido, H. Roberto Llanos, E.J. Nieves y Julio Á. García

Francisco Cartagena, H. Roberto Llanos, Julio Á. García, E.J. Nieves y Radamés Vega

H. Roberto Llanos

Llegada del público

Max Chárriez, Peter M. Shepard, Julio Á. García, Marlyn Cruz, H. Roberto Llanos, Francisco Cartagena, Radamés Vega, Alexis Pedraza, Arnaldo Alicea

Charla en Ponce: Arnaldo Alicea, Joey Colón, Julio Á. García, Alexis Pedraza, Max Chárriez, H. Roberto Llanos

Max Chárriez, Dennis C. Villanueva, Peter M. Shepard, Alexis Pedraza, Julio Á. García y Joey Colón

H. Roberto Llanos, Dennis C. Villanueva, Peter M. Shepard, Alexis Pedraza, Julio Á. García y Joey Colón

H. Roberto Llanos, Dennis C. Villanueva, Peter M. Shepard, Alexis Pedraza

Daniel C. Villanueva, Peter M. Shepard, Alexis Pedraza, Julio Á. García, Max Chárriez y Joey Colón

Max Chárriez, Joey Colón, Julio Á. García, Alexis Pedraza, Peter M. Shepard, Dennis C. Villanueva, H. Roberto Llanos y Arnaldo Alicea

Dennis C. Villanueva, Eïrïc R. Durändal, Arnaldo Alicea, Alexis Pedraza, H. Roberto Llanos, Joey Colón, Max Chárriez y lector admirador

Joey Colón, Peter M. Shepard, Eïrïc R. Durändal, Max Chárriez y Alexis Pedraza

Alexis Pedraza y Max Chárriez

Joey Colón, Peter M. Shepard, Eïrïc R. Durändal, Dennis C. Villanueva, Alexis Pedraza, Max Chárriez y H. Roberto Llanos

Alexis Pedraza, Arnaldo Alicea, H. Roberto Llanos, Peter M. Shepard, Max Chárriez, Eïrïc R. Durändal y Joey Colón

Lectura de cuentos en Librería Mágica

Eiríc R. Durändal Stormcrow

Julio Á. García

Radamés Vega y Eiríc R. Durändal Stormcrow

Peter M. Shepard, Tony y Luis Negrón

Max Chárriez

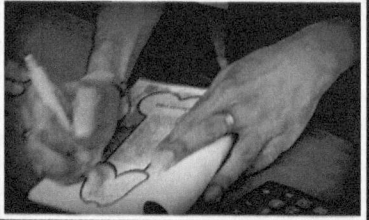

Dedicatoria y firma de libros

Max Chárriez y Julio Á. García

Conversatorio en el Festival de la palabra (2018) **Archivo General y Biblioteca Nacional de Puerto Rico**

Daniel Torres, Julio Á. García, Max Chárriez y H. Roberto Llanos

Daniel Torres, Julio Á. García, Max Chárriez y H. Roberto Llanos

Conmemoración en La Taberna

Max Chárriez, Julio Á. García, E.J. Nieves, H. Roberto Llanos, Arnaldo Alicea y Peter M. Shepard

Max Chárriez, Julio Á. García, E.J. Nieves, Peter M. Shepard y H. Roberto Llanos

Max Chárriez, Julio Á. García, E.J. Nieves, Peter M. Shepard y H. Roberto Llanos

Max Chárriez, Julio Á. García, E.J. Nieves, Peter M. Shepard

Max Chárriez, Julio Á. García, E.J. Nieves, Peter M. Shepard y H. Roberto Llanos